JEUNESSE

Collection dirigée par
Marie-Josée Lacharité

La Confrérie
des
mal-aimés

De la même auteure chez Québec Amérique

Jeunesse

SÉRIE CAMILLE

Camille et la rivière aux diamants, coll. Bilbo, 2004.
Le Triste Secret de madame Emma, coll. Bilbo, 2003.
Les Mille Chats de madame Emma, coll. Bilbo, 2002.

SÉRIE JULIETTE

La Délicieuse Année de Juliette la vedette, coll. Bilbo, 2007.
La Terrible Année de Juliette la boulette, coll. Bilbo, 2005.

Adulte

Le Bain d'Amélie, coll. Tous Continents, 2001.

La **Confrérie** des mal-aimés

NATHALIE FREDETTE

ILLUSTRATION : POLYGONE STUDIO

QUÉBEC AMÉRIQUE jeunesse

Catalogage avant publication de Bibliothèque et Archives nationales du Québec et Bibliothèque et Archives Canada

Fredette, Nathalie,
La confrérie des mal-aimés
(Gulliver ; 174)
ISBN 978-2-7644-0672-4
I. Titre. II. Collection: Gulliver jeunesse ; 174.
PS8561.R375C66 2009   jC843'.6   C2008-942226-0

| Conseil des Arts du Canada | Canada Council for the Arts | SODEC Québec |

Nous reconnaissons l'aide financière du gouvernement du Canada par l'entremise du Programme d'aide au développement de l'industrie de l'édition (PADIÉ) pour nos activités d'édition.

Gouvernement du Québec – Programme de crédit d'impôt pour l'édition de livres – Gestion SODEC.

Les Éditions Québec Amérique bénéficient du programme de subvention globale du Conseil des Arts du Canada. Elles tiennent également à remercier la SODEC pour son appui financier.

L'auteure remercie le Conseil des arts et des lettres du Québec de son appui financier.

Québec Amérique
329, rue de la Commune Ouest, 3e étage
Montréal (Québec) H2Y 2E1
Téléphone : 514 499-3000, télécopieur : 514 499-3010

Dépôt légal : 1er trimestre 2009
Bibliothèque nationale du Québec
Bibliothèque nationale du Canada

Révision linguistique: Diane Martin et Chantale Landry
Mise en pages : Karine Raymond
Illustration : Polygone Studio
Conception graphique : Célia Provencher-Galarneau

© 2009 Éditions Québec Amérique inc.
www.quebec-amerique.com

Imprimé au Canada

À Marc, Patrice et Pierre

Avertissement

Dacota du Sud Tremblay est mon véritable nom, écrit avec un « c » et non un « k ». Ma sœur, c'est Caroline du Nord Tremblay. Mon frère, lui, s'appelle Nebraska Tremblay. Oui, nous portons tous les trois des noms d'États américains. Ce n'est pas une blague. Ou, si vous préférez, c'est une énorme farce, une idée saugrenue de mon clown de père. Car même pour choisir nos prénoms, mon père a cru bon de plaisanter et ma mère a trouvé la suggestion « spécialement originale » (ce sont ses mots).

Que ceci reste entre nous : jamais, dans l'histoire que vous vous apprêtez à lire, il ne sera question de ces prénoms stupides. Il sera question de moi, Daco, 12 ans, de mon histoire, et parfois de Neb et de Caroline. C'est comme ça qu'on se nomme entre nous. C'est comme ça que tout le monde nous appelle. Même nos parents ont vite renoncé à ces prénoms ridicules. Je tenais seulement à vous prévenir, au cas où Daco vous semblerait un drôle de prénom. Dites-vous que c'est rudement mieux que Dacota avec un « c » du Sud Tremblay.

1

Un dalot pour Daco

C'était le jour du tournoi annuel de bowling père-fils. Nathan avait un bras cassé et un père. Moi, j'avais mes deux bras et pas de père. Malgré sa promesse d'être au rendez-vous, cinq minutes avant le début du tournoi, il ne s'était toujours pas pointé à l'horizon.

— Tu ne veux pas essayer de l'appeler sur son cellulaire, Daco? m'a demandé Nathan.

Cette question, c'était pour la forme. Nathan sait depuis longtemps que je n'essaie même plus de joindre mes parents au téléphone. C'est peine perdue. Ou ma mère est trop inspirée pour répondre, ou elle n'arrive pas à trouver l'appareil. Ou mon père est en train d'éteindre un feu, ou il joue une partie de cartes avec ses collègues, ou il inaugure un centre d'aide quelque part…

De toute façon, impossible de compter sur mon père. J'ai fait le calcul : sur les 20 dernières fois où je lui ai demandé des choses tout à fait acceptables (je ne suis pas du genre à demander l'impossible), 15 fois il m'a dit oui et n'a rien fait, 3 fois il m'a dit clairement non, 2 fois il a satisfait ma demande. Ce qui fait 2 réponses positives sur une possibilité de 20. Taux de réussite : 10 %. Et, fantastique hasard (on s'émerveille comme on peut quand on a un père comme le mien), j'arrive au même pourcentage quand je compte les fois où mon père m'a lui-même proposé quelque chose et a respecté son offre. Des 10 occasions où il m'a fait miroiter un truc chouette, 9 fois il n'a pas tenu sa promesse. Donc, 1 réussite sur 10. Pourcentage : 10 % ! Exactement le même ! Félicitations !

Nathan, lui, c'est quelqu'un sur qui je peux toujours compter. Mon meilleur ami de tous les temps. Par contre, si on avait un diplôme de gaffeur à décerner, il serait parmi les premiers en lice pour le prix. Connaissez-vous beaucoup de gens qui se cassent un bras en épluchant des pommes de terre ? En essayant de rattraper l'épluche-légume, Nathan a fait un faux mouvement. Avant d'embrasser le plancher, il est tombé de tout son poids sur son bras. Conséquence : un bras dans le plâtre pour des semaines. Rien de pire pour Nathan Bérubé, maniaque de la propreté. Quand on a un plâtre, au moins on s'amuse à gribouiller dessus. Nathan, lui, refuse qu'on trace la moindre ligne ou qu'on écrive le moindre mot sur son bras. L'idée que son beau plâtre blanc ne soit plus immaculé le rend malade.

« À quelque chose malheur est bon », dit un proverbe recueilli dans *Soyez positifs*, un des livres qui trônent sur la toilette à la maison (avec *Zen, c'est la vie* et *Libérez votre énergie créatrice*, d'autres bouquins qui appartiennent à ma mère). Ces pensées sont écrites pour motiver les éternels optimistes comme elle. Scientifiquement, je suis certain qu'il est impossible de dire que le malheur a toujours un côté positif. Mais si j'en reviens au tournoi annuel de bowling père-fils, j'avoue que le dicton s'est appliqué pile à mon cas, ce jour-là.

Je résume. Il y avait Nathan et son bras cassé. Il y avait son père. Il y avait moi et mes deux bras. Et il n'y avait pas mon père. Vous devinez maintenant comment un bête accident peut comporter quelque chose de bon ? Il faut dire aussi que le père de Nathan est fiable, contrairement au mien. Même quand son propre fils ne peut absolument pas lancer une boule de quilles, il répond « présent ! » au tournoi père-fils. C'est vous dire !

Dans la grande salle du bowling, Nathan et lui étaient là, tous les deux, à me regarder, attendant comme moi que mon père se montre la binette. Puis, père et fils ont lancé exactement en même temps :

— Veux-tu jouer avec monpèremoi ?

Nathan affichait un sourire, content de pouvoir m'aider. Monsieur Bérubé, depuis longtemps super champion de quilles, se dandinait sur son banc. Il brûlait d'envie de participer au tournoi. D'ailleurs, je le soupçonne d'avoir deviné que mon père ne serait pas au rendez-vous…

Deux minutes avant le début du match, le père de Nathan et moi, on a donc enfilé tous les deux un dossard vert numéroté. Pendant la première moitié du match, j'ai joué comme un pied tellement j'étais fou de rage. Plus je pensais à mon père, plus ma boule de quilles était attirée comme par un aimant géant vers le dalot – le droit ou le gauche, sans distinction. Pas une seule quille renversée sur le côté ou projetée dans la fosse. Évidemment, le père de Nathan, tellement heureux de jouer malgré la blessure de son fils, s'en tirait mieux que moi.

À force d'entendre mon coéquipier hurler «Oui, monsieur!» à chacun de ses abats fracassants, j'ai finalement décidé de ravaler ma rage. C'était mieux de montrer ma reconnaissance au père de Nathan au lieu d'être en colère pour l'éternité. «Concentre-toi, Daco. Autre chose qu'un dalot, pour l'amour!» Puis, j'ai pris mon élan.

— Pas mal, fiston! a lancé le père de Nathan en me faisant un clin d'œil pendant que son autre œil suivait la direction de ma boule en plein centre de l'allée.

— Beau coup, hein ? Monsieur Bé… je veux dire papa ! ai-je ajouté en lui décochant moi aussi un clin d'œil.

Nathan, son bras en plâtre croisé par-dessus son bras ordinaire, se tenait les côtes, plié en deux. Pendant un moment, j'ai eu peur qu'il tombe de sa chaise et se casse cette fois le nez. Avec lui, on n'est jamais sûr de rien. N'empêche, le voir rire de si bon cœur me faisait du bien.

▲ ▼ ▲

Pour fêter notre non-victoire (au moins, on ne s'était pas fait battre à plate couture, malgré mon jeu catastrophique du début), le père de Nathan nous a invités au restaurant. Chouette de sa part. Ensuite, je suis rentré à la maison. Personne ne m'a demandé si j'avais gagné le tournoi. Personne non plus ne m'a demandé d'où je venais ni pourquoi je rentrais si tard. Qui donc s'en souvenait ? Ma mère, occupée dans son atelier, n'avait pas encore préparé le souper. Caroline placotait au téléphone, probablement depuis des heures (peut-être avec la belle Béatrice). Neb était parti chez un ami (qui était certainement *une* ami*e*). Et mon père, lui, sifflait sous la douche, ce qui voulait dire qu'il venait tout juste de rentrer. D'où, je n'en avais aucune idée et je ne tenais pas particulièrement à le savoir…

— Tu as faim, mon Daco? m'a demandé ma mère quand elle a remarqué ma présence. (Ça faisait précisément 55 minutes que j'étais dans ma chambre, devant mon ordinateur.)

— Merci, j'ai mangé au resto, avec Nathan et mon nouveau père.

Ma mère m'a regardé:

— Qu'est-ce que…

— C'était le tournoi de bowling père-fils, tu te rappelles?

— Zut! Et ton père…

— N'est pas venu, c'est ça.

— Pauvre coco! a-t-elle dit en me passant la main dans les cheveux comme si j'avais cinq ans (je déteste ça quand elle m'appelle « coco »).

La suite s'en venait, je le sentais. Dans deux secondes, elle trouverait une façon d'excuser mon père. Impensable qu'elle monte l'engueuler un bon coup pour avoir manqué une centième fois à sa parole.

— Il a dû avoir un empêchement (tu parles!). Il y tenait vraiment, à ce tournoi (cause toujours!)… Hier, il m'a encore dit qu'il se faisait une joie de jouer avec toi (bien sûr!)…

Et là, comme elle cherche toujours à rendre tout positif, elle en a rajouté:

— J'imagine que tu as joué avec monsieur Bérubé puisque Nathan ne pouvait pas se servir de son bras? Je suis fière de toi: tu as rendu un papa heureux. Cher Daco, généreux, comme toujours! a-t-elle dit avant de quitter ma chambre en chantonnant, toute joyeuse.

Quel raisonnement logique! Incroyable. Et l'autre, dans sa douche, qui sifflait innocemment! Quels parents, vraiment! J'ai éteint mon ordi, totalement découragé. Je n'avais plus du tout envie de consulter les statistiques des champions de bowling.

Après avoir contemplé pendant 15 minutes le coin écorné de mon babillard en liège, j'ai pensé qu'un morceau de gâteau diminuerait peut-être ma frustration. Mauvaise idée. Dans le corridor, j'ai croisé mon père qui se dirigeait vers le salon, une assiette à la main. Il était dans une forme superbe.

— Ça va, mon Daco? a-t-il dit en m'enserrant la tête avec son bras musclé (celui qui était libre, évidemment).

Sans attendre la réponse (mon père n'attend jamais de réponse à ses questions), il a ajouté:

— J'ai eu un *fun* noir avec les gars, aujourd'hui!

Dans un grand éclat de rire, il s'est affalé dans le fauteuil:

— Sais-tu la différence entre un clown et un pompier?

J'ai eu envie de lui répondre qu'il n'y en avait absolument aucune. J'ai plutôt risqué:

— Le clown fait rire, le pompier rit?

— Pas pire, a-t-il répondu en se demandant s'il y avait la moindre allusion à saisir.

— Non, écoute ça : le pompier tient le boyau ; avec le clown, on se les tord !!!! HAHAHAHAHA !!!!!

Renversé dans son fauteuil, l'assiette de gâteau au chocolat se balançant de tous bords tous côtés sur son ventre, mon clown de père était tordu de rire. J'ai esquissé un sourire forcé et je me suis déguisé en courant d'air. À quoi bon lui dire qu'il m'avait encore déçu… et que sa blague était *franchement* plate ?

2

S.O.S. Google!

À l'époque où se passe mon histoire, j'étais en train de lire un livre fascinant sur Einstein. On y expliquait sa théorie de la relativité. Je ne comprenais pas tout, c'est certain. Mais on m'aurait annoncé que le temps s'était plié sur lui-même et qu'en réalité j'étais, moi, le parent de mes parents, je n'aurais pas été trop surpris.

Très tard, ce soir-là, après la dérobade de mon père au tournoi père-fils et sa blague archi-nulle, j'étais au téléphone avec Nathan. Patient, il a enduré un long monologue qu'il avait déjà entendu mille fois.

— J'ai l'impression que mes parents ne sont pas mes véritables parents. On dirait des enfants, ai-je soupiré.

J'ai imaginé Nathan en train de s'accouder sur le bord de son bureau, sachant qu'il en avait pour une demi-heure à écouter mes jérémiades. Sans broncher, sans s'exaspérer, en me prêtant la meilleure des oreilles.

— Tu sais comment c'est, Nathan. Je dois tout le temps rappeler un tas de choses à ma mère (courses, repas, réunion de parents, inscription au Salon des métiers d'art…).

— Je sais, Daco.

— Mon père, c'est pire ! Même moi, à 12 ans, je ne pense pas que la vie est un jeu, un jeu continuel, un perpétuel jeu. S'amuser et rire tout le temps, mon père ne veut rien d'autre. Les travaux qu'un père fait normalement, lui, il les exécute à toute vitesse pour s'en débarrasser, comme un enfant qu'on oblige à ranger sa chambre. Tu l'as déjà vu à l'œuvre. Il veut vite aller jouer au hockey, vite aller retrouver les gars au baseball. Parfois aussi, il nous supplie presque de le laisser quitter la table pour aller écouter ses émissions comiques ! Pathétique !

— Pathétique, a répondu Nathan en écho.

— Être sérieux non plus, il ne sait pas comment. Tout tourne toujours à la blague avec lui. Plein de gens m'envient : « Ton père est tellement drôle, Daco ! » Tu parles ! On va à l'épicerie, il raconte des blagues. On va au restaurant, il raconte des blagues. On va au cinéma, il raconte des blagues. On va à un enterrement, il raconte encore des blagues. Forcément, j'entends souvent la même blague.

Nathan a ri. Il savait exactement de quoi je parlais. Il savait aussi que j'avais parfois honte. Honte de ces choses simples que mon père complique toujours. Exemple : demander avec sérieux à la voisine qui a l'air triste comme un épagneul comment elle va. Il faut qu'il se creuse les méninges pour trouver quelle blague pourrait la mettre de bonne humeur. Autre exemple : se contenter de sourire à la serveuse fatiguée qui n'a pas le goût d'éclater d'un rire forcé. Non, il faut qu'il déniche une blague extra-drôle qui pourrait la dérider malgré tout. Et un autre exemple : demander normalement des billets au guichet du cinéma. Non, il ne peut s'empêcher de dire : « Cinq billets pour *À l'affiche cette semaine*, s'il vous plaît. »

— Ton père veut être gentil. Mais t'as raison : faire rire à tout prix les gens, c'est pas toujours drôle. Les écouter ou les laisser tranquilles… Pour ça, j'avoue, ton père est assez nul, merci.

Nathan était d'une patience ! Par pitié, ce soir-là, je lui ai épargné le fait que je souffrais que mon père ne me prenne pas au sérieux, qu'il ne m'écoute pas une fois de temps en temps. (Au moins, ma mère, quand elle m'écoutait, elle m'écoutait. Souvent pour me servir une de ses phrases optimistes, mais bon…) J'étais ultra-déçu quand je voulais partager avec lui une découverte faite sur Internet. Peu importe le sujet (dinosaures, planètes, espace-temps…). En général, il marmonnait « hu, hu » et montait le volume de la télé. Pour varier, il lançait d'un air fier ou découragé (difficile à dire) : « Sacré bolle, va ! »

— Je suis un moulin à paroles, c'est vrai. Neb dit que je parle trop et que ça déconcerte mon père. Mais s'il m'écoutait un peu mieux, peut-être que je ne me sentirais pas obligé de parler autant.

Nathan a conclu comme un vieux sage :

— Pauvre Daco ! J'ai l'impression que c'est plus facile d'entrer en communication avec une autre forme de vie dans l'Univers que de communiquer avec ton père !

▲ ▼ ▲

Le lendemain du tournoi père-fils, Nathan est venu chez moi. Ç'a été plus fort que moi : je lui ai demandé si par hasard ses parents n'auraient pas envie de m'adopter. Simple blague ? Requête sérieuse ? Les deux !

Nathan a souri :

— On serait frères, alors ? Malheureusement, c'est impossible.

— Je sais bien. Mais mon père… J'en peux plus !

Je n'étais pas assez naïf pour croire que je trouverais sur Internet une solution à un problème aussi énorme que : « Quoi faire quand vous avez un père décevant ? » Mais je ne savais pas par quel bout prendre mon problème. À la rigolade, j'ai tapé le mot « adoption » sur Google. Nathan, assis à mes côtés, a ri.

— Cent dix-neuf millions d'entrées ! Je ne veux pas te décevoir, mais je parie qu'il n'y a rien dans tout ça qui convient à ta situation.

Ça me faisait du bien de m'amuser. J'ai tapé : « Comment adopter un père ? » Nathan a encore ri de bon cœur. Quand on a entendu le rire de Nathan une fois, on est certain qu'on n'en trouvera jamais un autre plus original. Comment le décrire ? C'est comme un mini-couinement de mini-souris.

— Au moins, ça défoule ! ai-je lancé, tordu de rire.

Nathan m'a fixé tout à coup, l'air songeur. Sans couiner.

— C'est ça ton vrai problème, Daco.

J'ai quitté l'ordinateur des yeux. J'ai regardé mon ami, sans comprendre.

— Tu es trop sérieux, Dac. Tu prends *tout* trop au sérieux. Des tonnes de pères décevants habitent la planète, tu n'as pas remarqué ? Il faut en rire !

— Bérubé, si tu commences à être optimiste comme ma mère, c'est bien simple, je désespère de tout…

— Daco, je sais que ton père est… spécial.

J'ai donné un coup de coude à Nathan :

— Alors, quoi ?

— Ou tu prends ça plus légèrement, comme on le fait là. Ou tu t'arranges pour être enragé et déçu toute ta vie. T'as pas d'autres projets ? Te payer du bon temps avec ton *chum* Nathan ? Sortir avec la belle Béatrice ? Devenir… quoi, scientifique ou statisticien ?

— OK, compris. T'es plus bavard que moi, ma parole !

Soudainement, Nathan est devenu muet. Il griffonnait même sur son plâtre sans s'en rendre compte! J'avais l'impression de voir ses neurones en activité sous ses cheveux tellement ça crépitait dans son cerveau. À quoi songeait-il?

— Et si on créait un site Internet à ton goût, pour rire, justement?

— Tu veux dire un site d'adoption?

— Genre, oui.

J'ai eu un grand sourire de satisfaction fendu jusqu'aux oreilles:

— Super! On crée un site et on compose nous-mêmes des annonces. Qu'est-ce que tu penses de echangedeparents.com? Le monde est rempli de jeunes aussi désespérés que moi, non?

Nathan jubilait, lui aussi. Il est comme ça. Voir ses amis heureux, ça l'enchante.

La fin de semaine la plus amusante de notre vie était devant nous. Ensemble, Nathan et moi, on s'est mis à rédiger des annonces:

VOUS EN AVEZ ASSEZ D'AVOIR UN PÈRE SÉVÈRE ET SÉRIEUX QUI NE RIT JAMAIS ET QUI NE RACONTE JAMAIS DE BLAGUES ? CETTE OFFRE EST POUR VOUS ! ÉCHANGERAIS PÈRE DRÔLE, ENCORE RELATIVEMENT JEUNE, EN TRÈS BONNE CONDITION PHYSIQUE, CONTRE PÈRE PAS DRÔLE, PAS TROP ÂGÉ QUAND MÊME. AUCUNE PROPOSITION SÉRIEUSE NE SERA REFUSÉE.

VOUS RÊVEZ D'AVOIR UN PÈRE QUI FAIT RIRE TOUT LE MONDE ? LES CLOWNS ET LES HUMORISTES SONT VOS IDOLES ? QU'ATTENDEZ-VOUS ? SAUTEZ SUR CETTE OFFRE ALLÉCHANTE ! PÈRE DRÔLE, EN TRÈS BON ÉTAT, CONTRE PÈRE QUI RESSEMBLE À UN VRAI PÈRE. L'ÉCHANGE POURRA SE FAIRE OÙ ET QUAND IL VOUS PLAIRA.

Le plus beau de l'affaire, c'est qu'on l'a créé pour de vrai, le site. On y a mis nos annonces. Je n'espérais pas avoir des nouvelles de qui que ce soit. Mais ce jeu me faisait beaucoup de bien. J'étais reconnaissant à Nathan d'avoir proposé un projet aussi fou.

À l'école, il me demandait si je croyais qu'un jour nous aurions des réponses ou des offres. Penser à echangedeparents.com me mettait de bonne humeur… Jusqu'à la prochaine blague plate de mon père. Jusqu'à la nouvelle fois où il me promettait quelque chose et ne tenait pas sa parole. Jusqu'à l'occasion suivante où il n'écoutait pas du tout ce que je lui disais. Mais c'était toujours ça de pris.

3
Béa... trice

Vous l'aurez peut-être remarqué, l'existence d'une belle Béatrice a été mentionnée par Nathan quand il m'a secoué les puces pour que j'arrête de désespérer de mon père. Je me rappelle comme si c'était hier l'arrivée de cette fille dans ma vie. C'était l'été juste avant notre entrée à l'école secondaire.

Dès que mes yeux avaient rencontré les beaux yeux bleus de Béatrice, à la piscine municipale, j'étais tombé sous le charme. Dans le soleil, ses longs cheveux blond miel étincelaient. On aurait dit un ange. Einstein n'aurait peut-être pas été d'accord, mais j'avais eu l'impression que le temps s'était arrêté.

Ma sœur et son amie étaient étendues sur des serviettes de plage multicolores. En passant devant elles, avec Nathan, je m'étais arrêté. J'étais resté planté là, cloué sur place.

— Ho! Daco! T'es sourd? Je te présente mon amie Béatrice, avait hurlé ma sœur Caroline.

Bouche bée, j'avais été incapable de prononcer un mot. Moi, le verbo. J'avais eu l'air d'un idiot. La ravissante Béatrice avait fait valser sa chevelure lumineuse, éblouissante.

— Alors, c'est toi le petit frère trognon de Caroline?

« Petit frère trognon » ? Je n'avais pas eu le temps de répondre quoi que ce soit. Béatrice s'était tournée vers ma sœur. Elle avait ajouté :

— C'est vrai qu'il est trop chou, ton frère.

« Trognon », « trop chou » ? On répond quoi à ça quand on est déjà amoureux et qu'on voudrait avoir 16 ans, au lieu d'un ridicule 12 ans ?

Avec ses antennes qui détectent toujours comment je me sens, Nathan avait voulu me sortir de ma paralysie. Enfin, c'est ce qu'il avait espéré.

— Viens, Daco, on va plonger. Salut, les filles ! avait-il dit en me traînant du côté des tremplins.

Pensant me changer les idées, Nathan m'avait poussé dans l'échelle du plus haut plongeoir. J'avais grimpé sans rouspéter, sans me rendre compte de ce que je faisais. Je ne savais pas où je me trouvais ni pourquoi. Puis, mes pieds avaient rencontré le vide au bout du tremplin et je ne l'avais pas trop réalisé.

Résultat : apparemment, mon plongeon raté avait été très impressionnant. Je m'étais retrouvé inconscient, étendu sur le bord de la piscine. Il y avait eu plein de monde autour et, surtout, Béatrice penchée au-dessus de moi, ses lèvres sur les miennes.

— Ça va mieux ? avait-elle demandé avec sa voix aussi douce qu'un caramel.

J'avais failli retomber dans les pommes. Cinq minutes après notre rencontre, cette fille splendide m'embrassait déjà ? J'étais aux oiseaux. D'accord, le contact de nos lèvres, c'était parce que Béatrice avait été plus rapide que le surveillant occupé à séparer des jeunes qui se bagarraient. Son expérience de maître nageuse m'avait profité. Nathan et Caroline m'avaient sorti de l'eau après mon fabuleux *flat* et Béatrice m'avait donné la respiration artificielle. C'était quand même un bon début.

Mon histoire a l'air inventée de toutes pièces. Elle ressemble au plus fabuleux des rêves. Pourtant, c'est la pure vérité. Dès que je l'ai vue, Béatrice m'a ébloui. Pas difficile alors de comprendre à quel point j'étais complètement gaga, béat de Béa, après qu'elle m'eut sauvé la vie par un doux baiser.

Je ne sais pas comment je suis rentré à la maison, cette journée-là. Ma sœur et son amie étaient restées à la piscine. Elles espéraient, hélas !, rencontrer des gars de secondaire 5. Je me rappelle que Nathan m'a soufflé à l'oreille que c'était assez pour le moment. Valait mieux que je dresse un plan d'action pour séduire Béatrice.

Et le temps ne m'avait pas manqué pour en élaborer, un plan d'action. Caroline était rentrée et je l'avais bombardée de questions pour apprendre que Béatrice s'en allait en vacances avec ses parents pour un mois. Jusqu'à la rentrée scolaire. Dès le lendemain matin.

— Ça va, Daco? Tu as l'air bizarre, avait dit Caroline.

Il fallait que je réagisse avant que ma sœur se doute de quelque chose.

— C'est rien. Je voulais juste la remercier.

C'était mieux de parler de Béatrice avec mon frère Neb, le pro des filles. Le grand champion en la matière saurait me conseiller. De tous les gars de 15 ans, Neb est celui qui a dû sortir avec le plus grand nombre de filles. Jusqu'à l'âge de 12 ans, il n'y avait que les sports qui comptaient pour lui. Mais, depuis, ce sont d'autres sortes de records qu'il collectionne…

Ma situation paraissait désespérée. La preuve? Même Neb-que-rien-n'arrête avait

été surpris par ma demande. « Béatrice »
et « inaccessible », des mots faits pour aller
ensemble jusqu'à la fin des temps ?

Neb avait grimacé en m'entendant :

— Sûr ? Elle est vraiment plus vieille
que toi, Daco. Tu es mature pour ton âge,
mais quand même…

Mon air décidé l'avait convaincu.

— J'te comprends. Elle est vraiment
cute.

Sa remarque m'avait donné la frousse.
Avoir comme rival mon propre frère ?
C'était déjà assez difficile de trouver com-
ment je pourrais attirer l'attention de
Béatrice ! S'il fallait en plus…

Comme s'il lisait dans mes pensées,
Neb avait finalement ajouté :

— J'te la laisse, frérot. Promis, je ne
ferai rien qui pourrait te nuire.

Neb avait joué avec le *piercing* de son
sourcil. (Il en était fier, de son *piercing*, il
avait travaillé fort pour décrocher l'auto-
risation des parents.) Il avait pris son air
sérieux, sûr de lui.

— Les filles, faut pas que tu leur donnes le choix. Tu t'approches. Tu dis : « C'est toi la chanceuse qui vient au cinéma avec moi, demain. » Un sourire craquant, le tour est joué.

C'était ça, sa recette infaillible pour faire « craquer » les filles ? Je ne connaissais rien aux filles. Béatrice était la première qui me faisait tourner la tête. Mais cette démarche, je la trouvais aussi subtile que celle d'un éléphant dans un magasin de porcelaine. Pas le genre de comportement que je voulais adopter. C'était une phrase pour Neb, avec ses 15 ans et son fameux *piercing*.

— Il faut foncer, Daco. Il n'y a pas d'autre méthode.

J'avais remercié Neb pour ses « précieux » conseils. Un mois ne serait pas de trop pour réfléchir à un meilleur moyen…

▲ ▼ ▲

Nathan m'avait entendu parler sans arrêt de Béatrice pendant tout le mois d'août. Sa patience était à toute épreuve.

— Si je l'invitais… non. Si je lui disais… non. Si je lui proposais… non. Je tourne en rond !

Il ne savait plus alors de quelle façon m'encourager. Me dire que ma cause était perdue d'avance, il était trop gentil pour en arriver là. Mais je savais bien que c'est ce qu'il pensait. Avec raison, en plus.

Lui, ce qui l'inquiétait davantage, c'était notre rentrée au secondaire. Moi, comme j'étais obsédé par Béatrice, je n'y pensais à peu près pas. Sans vouloir me vanter, je n'ai pas tellement de difficulté à l'école, dans aucune matière. L'idée d'apprendre des choses plus compliquées m'enchante, elle ne me fait pas peur. Nathan est bon à l'école, lui aussi. Juste plus nerveux.

Quelques jours avant la rentrée officielle à Pierre-Bélard, on devait tous se présenter à l'école pour prendre notre horaire. Dès que j'avais vu Béatrice tourner le coin du corridor en compagnie de Caroline, mes jambes étaient devenues molles. J'avais dû m'accoter contre Nathan. Béatrice était encore plus belle que le mois précédent. Toute radieuse. Rayonnante. Une étoile.

Admettons que j'aurais été un chercheur qui vient de faire une découverte fabuleuse. Par exemple, j'aurais révélé l'existence d'un dinosaure ayant vécu il y a 250 millions d'années et dont personne n'aurait encore parlé jusqu'à maintenant. Ou j'aurais observé le ciel avec un télescope géant et j'aurais repéré une nouvelle étoile. Ou j'aurais été reconnu comme le gars le plus brillant de mon âge parce que j'aurais résolu une équation mathématique que même des savants n'arrivaient pas à résoudre. Eh bien, tous ces titres, tous ces honneurs, je les aurais laissés tomber si Béatrice avait accepté de sortir avec moi. (Réflexion faite, j'aurais quand même aimé découvrir cette nouvelle étoile pour la baptiser en son honneur.)

Deux minutes plus tard, les filles étaient arrivées à notre hauteur. J'avais eu peur de me sentir mal. Je m'étais encore appuyé sur l'épaule de Nathan. Béatrice m'avait offert le plus beau des sourires :

— Salut, Daco ! Ça va ? Pas trop nerveux de passer au secondaire ?

— Ma cheville, je l'ai foulée comme, avais-je bredouillé en parfait imbécile.

Bravo, Daco! Comme entrée en matière, il n'y avait pas pire! Cette phrase-là, certain qu'elle ne faisait pas partie des premières phrases que je m'étais répétées pendant tout ce fichu mois!

Au moins, Béatrice n'avait pas éclaté de rire. Sympathique à ma cause, mais quand même ironique, elle s'était exclamée:

— Pauvre chou!

Exactement le genre de phrase qu'on dit pour rassurer un enfant qui vient de basculer en tricycle. J'avais eu l'air d'un vrai bébé!

Mon insensible de sœur, elle, trépignait d'impatience et voulait retrouver au plus vite ses amies de l'an dernier. Elle avait tiré Béatrice par la manche de sa blouse:

— Viens-tu, Béa?

Je les avais regardées s'éloigner jusqu'au bout du couloir, sans trouver quelque chose de plus intelligent à ajouter. Faiblement, j'avais entendu Béatrice dire à Caroline :

— Il est vraiment trognon, ton petit frère. Ses beaux cheveux bouclés…

Nathan, qui n'est pas sourd lui non plus, avait tenté de m'encourager :

— Écoute, elle te trouve sympathique. C'est chouette, non ?

— « Trognon », Nathan. Pas : « Super, je veux plus que tout sortir avec ce beau bonhomme »… Juste « trognon ». Comment je fais pour gagner quatre ou cinq ans en un jour ? Tu penses qu'Einstein aurait su régler le problème, lui ?

Patient comme toujours, Nathan avait voulu me rassurer :

— Tu es un gars hyper-mature pour ton âge, c'est clair. Ce qu'il faut, c'est que Béatrice s'en rende compte.

Bien beau tout ça. Mais, moi, j'avais encore en tête la phrase idiote que j'avais marmonnée à Béatrice :

— Comme quand je fais le bébé qui a mal à sa cheville ? Un biberon avec ça ?

▲ ▼ ▲

Conclusion de cette histoire : deux mois après l'arrivée de Béatrice dans ma vie, un mois après la rentrée scolaire catastrophique, je cherchais encore le moyen de montrer à quel point j'étais sérieux. Notre site echangedeparents.com, à Nathan et à moi, c'était bien amusant, mais je n'arrivais pas à chasser de ma tête cette merveilleuse fille.

Comment l'aborder ? C'était ça, la question ! Étape numéro un : retrouver mon calme quand je la rencontrais. À force de me creuser les méninges, j'ai eu une idée. La beauté de Béatrice me faisait perdre mon sang-froid ? La prochaine fois qu'elle serait devant moi, il fallait que je me l'imagine moche et antipathique. Comme ça, j'arriverais peut-être à garder mon calme et à lui parler sans chevroter.

Premiers essais : échec total. Dès que je la rencontrais dans les corridors de l'école, je me figeais et je perdais toutes mes facultés. Incapable de parler. Avant que j'aie pu arriver à me calmer, Béatrice posait un baiser dans le creux de sa main et le soufflait vers moi. Ça ne m'aidait pas. Pour elle, j'étais « chou », tout simplement. Elle ne me prenait pas au sérieux.

Puis, date mémorable : le mercredi 3 octobre. Finalement, j'ai réussi à mettre en pratique mon truc. Béatrice est apparue au bout du couloir. À toute vitesse, je l'ai métamorphosée. Elle est venue vers moi, les cheveux ultra-gras, le visage plein de boutons, l'air bête.

— Salut, Béatrice, ça va ? ai-je enfin prononcé.

— Tu as une belle voix, Daco… quand tu arrives à parler ! a-t-elle dit sur un ton moqueur.

Vite, j'ai ramené le visage moche de Béatrice qui commençait déjà à disparaître. Je lui ai ajouté un autre gros bouton sur le nez. Et là, j'ai risqué une phrase de vrai tombeur, digne de mon frère Neb :

— Cette voix, c'est juste pour toi !

Béatrice s'est mise à rire. Encore une fois, elle ne me prenait pas au sérieux :

— Comme c'est mignon… Bonne journée, mon grand !

Je l'ai regardée s'éloigner. Plus belle
que jamais. Avec le sentiment d'être un
suprême idiot.

4

Le père idéal

L e lendemain, à l'école, j'avais un air de bœuf qui n'avait rien à voir avec le retard d'Emma Dilou, notre prof de français. Je m'en fichais, de son retard. Je broyais du noir. À quoi bon parler à Béatrice? Son idée était faite: pour elle, je serais toujours le trop mignon frère de Caroline.

Un coup de pied sous ma chaise m'a fait sursauter.

— Pas de nouvelles de echangedeparents.com? m'a demandé Nathan.

D'habitude, je souriais quand on évoquait notre site Internet. Pas là. En plus, la question de Nathan me rappelait que mon père m'avait encore causé une dé-ception, la veille. Rien pour me redonner le moral.

Je ne sais pas ce qui m'avait pris. J'avais osé lui demander conseil au sujet de Béatrice. Évidemment, je ne lui avais pas dit qu'il s'agissait d'elle. Il m'aurait franchement ri au nez. Il fallait que je sois désespéré pour tenter de lui parler.

Mon père avait d'abord semblé m'écou-ter. J'étais étonné. Il avait réfléchi un quart de seconde avant de répondre :

— Une de perdue, dix de retrouvées, Daco.

Avant que j'aie pu lui demander s'il avait piqué sa réplique dans un des livres qui trônaient sur la toilette, Gros rigolo ne s'intéressait déjà plus à moi. Il riait des farces d'un abruti à la télévision. Les humoristes, mon père les vénère. Pourquoi écouter les malheurs d'un fils si jeune, qui se prend tellement trop au sérieux, et qui a bien le temps d'être amoureux ? Humour ou amour ? Il n'hésite pas long-temps entre les deux.

Comble de malheur, Emma Dilou est finalement arrivée en classe avec une idée totalement déprimante : une composition intitulée *Mon père, ce héros*, inspirée d'un vieux film français joué par un acteur qu'elle adorait.

— Je ne vous raconte pas l'histoire, aucune importance pour votre travail. Trouvez une raison pour laquelle vous êtes fier de votre père. Parlez-moi de son métier, d'une de ses passions, d'une aventure qu'il a déjà vécue. Vous avez carte blanche.

En plein ce qu'il fallait pour m'achever ! Être fier de mon père ? Impossible ! Nathan m'a regardé, complètement découragé pour moi, avec des yeux aussi gros que ses lunettes. La cloche a sonné au même moment.

Pour ne pas penser qu'à moi et à mes malheurs, je lui ai demandé ce qu'il choisirait comme sujet.

— Peut-être raconter la fois où mon père s'est trouvé nez à nez avec un ours... Ou parler de son travail d'ingénieur...

Ou de ses trophées de championnats de bowling…

— Ce ne sont pas les raisons qui te manquent d'être fier de ton père, *toi*.

Moche, comme phrase. Ce n'est pas la faute de Nathan si son père est chouette et le mien, décevant. Avec son cœur grand comme l'Univers, Nathan, lui, a voulu m'encourager :

— Tu le tiens, ton sujet en or : ton père est pompier. Aucun métier n'est plus héroïque que ça ! Pas difficile d'en mettre plein la vue, même si tu ne penses pas un mot de ce que tu écris. La prof n'y verra que du feu, c'est le cas de le dire !

Nathan disait vrai. Tout le monde se pâme sur mon père pour deux raisons. Premièrement : il est *tellement* drôle. Deuxièmement : il est *tellement* courageux d'être pompier. Personnellement, je trouve ça *tellement* pénible.

▲ ▼ ▲

Le samedi matin suivant, j'étais donc en auto avec mon père. Je l'accompagnais à son travail pour recueillir du matériel pour mon texte. Au fond de ma poche, j'avais mon cellulaire pour filmer.

— Alors, ça va à l'école ? les amours ? les amis ?

Mon père enfilait les questions, comme d'habitude sans attendre les réponses. Il a passé la main dans mes cheveux pour les mettre en broussaille. (Il s'entête à ce jeu stupide alors que je suis frisé comme un mouton depuis toujours.) Puis, il s'est concentré sur la route. Il n'a plus dit un mot.

Une vraie torture, comme chaque fois que je suis seul en voiture avec lui. Nathan, en auto avec son père, est heureux comme un roi. Ensemble, ils parlent de tous les sujets possibles et impossibles. Avec le mien, c'est le contraire, je suis extra mal à l'aise. Ce jour-là, je regardais par la fenêtre, cherchant désespérément quelque chose à signaler. Peine perdue.

Je me suis mis à compter les poteaux électriques en me disant qu'en rentrant à la maison, je consulterais Internet pour savoir combien de rues il y avait dans la ville. Ce nombre multiplié par le nombre de poteaux compris dans un pâté de maisons, multiplié par le nombre de pâtés de chaque rue, multiplié par deux (côté pair et côté impair des rues)…

Calcul interrompu. On est arrivés à la caserne. Tous les gars nous ont salués. Deux secondes après, le téléphone sonnait. En raccrochant, mon père s'est tourné vers moi :

— Daco ? J'en ai pour une petite demi-heure, mon grand. Louis ? Tu t'occupes de mon fils s'il te plaît ?

Je l'aurais parié. La petite demi-heure a grossi, grossi… Louis, un gars sympathique, m'a fait visiter la caserne. Je suis monté dans les camions. Il m'a expliqué en détail le métier de pompier, plein de choses que mon père ne m'avait jamais dites.

— Tu sais, ton père est un fameux pompier ! Les gars l'admirent. C'est sûr qu'il prend des risques, mais il en a sauvé des vies !

— Ah ? ai-je dit, pas vraiment au courant de ce qu'il me racontait.

— Il a dû te parler mille fois du jour où il a lancé en bas d'un deuxième étage une armoire qui pesait des tonnes ? Coincé derrière, il y avait un enfant complètement paniqué !

— Oui, oui, ai-je dit pour l'encourager à continuer (je n'avais jamais entendu parler de cette histoire !).

— Et la fois où tous les gars étaient incapables d'entrer dans une maison en flammes, même s'ils entendaient des cris ? Les murs menaçaient de s'effondrer d'une seconde à l'autre, et voilà ton père qui court vers l'immeuble. Deux minutes plus tard, il en ressort avec un petit gars et une petite fille autour du cou, bien effrayés. Bang ! La façade s'écroule presque sur ses talons ! Il y a de quoi être fier de lui, mon gars !

De quoi rendre honteux le plus ingrat des fils, aussi ! Je me sentais coupable d'avoir pensé tant de mal de mon père. Et après le récit de ces aventures héroïques, comment lui en vouloir d'être deux heures et demie en retard ? Quand il a été de retour à la caserne, finalement, je n'ai même pas osé lui demander pourquoi il avait été si long.

Le lendemain, j'ai rédigé la meilleure composition de français de toute ma vie. Le double des pages demandées! J'avais tellement envie d'être fier de mon père! J'ai fait de lui un portrait glorieux au possible!

En classe, quelques jours plus tard, j'ai récolté la meilleure note du groupe, devant Nathan (le pro en français). Emma Dilou n'en revenait pas. Ses yeux brillaient plus fort que les néons du plafond.

Après le cours, elle a posé sa main sur mon épaule. Les autres élèves sortaient à la queue leu leu sur ma droite.

— Penses-tu que ton père accepterait de venir nous parler de son métier?

C'était l'occasion rêvée d'être content de mon père et de me sentir son complice. En rentrant à la maison, je suis allé directement dans le salon. La télé jouait à tue-tête et mon père riait encore plus fort. À l'écran, un type effrayait les passants avec une fausse mouffette… En fait, c'était une vraie mouffette, mais opérée.

L'acolyte du farceur versait de l'eau sur les pieds des passants pour qu'ils s'imaginent que... Peu importe, suffit de dire que c'est le genre d'émission qu'adore mon père.

J'ai attendu une pause publicitaire pour lui parler. J'avais exactement deux minutes pour faire mon exposé, top chrono. J'ai fait du mieux que je pouvais. Rappel de ma compo, note excellente, demande du prof. Quand l'annonce des pâtes est apparue à l'écran (la dernière pub avant la reprise de l'émission), j'ai vite lancé :

— Jeudi prochain, à 11 heures, es-tu libre ?

— Pas de problème, garçon, a-t-il répondu aussi rapidement (lui aussi savait que l'émission recommençait).

▲ ▼ ▲

Je m'étais dit que le mercredi, je rappellerais à mon père la rencontre prévue le lendemain. À 23 heures, ce soir-là, il n'était toujours pas rentré, ma mère non plus d'ailleurs. Ils participaient à une soirée-bénéfice de je ne sais plus trop quoi. Avant de me coucher, j'ai collé une note gigantesque sur le frigo.

Ça ronflait en grand dans leur chambre quand je suis parti pour l'école, le lendemain. La porte était fermée. Je n'ai pas osé entrer. De toute façon, mon père ne se lève jamais très tard même quand il rentre du travail à des heures impossibles (ma mère, elle, peut travailler sur une sculpture toute la nuit et se lever seulement vers l'heure du dîner).

À l'école, Emma Dilou avait annoncé la visite de mon glorieux père. Toute la classe était excitée et attendait avec impatience la rencontre prévue pour 11 heures pile.

RÉSUMÉ CHRONOLOGIQUE DE LA RENCONTRE

10 h 55   Emma nous demande de ranger nos effets.

11 h 00   Mon père n'est pas là.

11 h 05   Toujours pas de père à l'horizon.

11 h 10   La prof perd tranquillement son beau sourire. Ça commence à chahuter.

11 h 15   Emma Dilou essaie de cacher sa mauvaise humeur. Elle dit que mon père a certainement dû répondre à un appel d'urgence (« N'est-ce pas, Daco ? »). Elle nous demande de reprendre nos cahiers. Tout le monde est déçu, moi le premier.

Comme il fallait s'y attendre, les gars de la classe se sont fait une joie de me niaiser. En particulier, les jumeaux Rouville. Ils auraient bien voulu que notre prof invite leur père extraordinaire – un champion d'escrime – et m'en voulaient de leur avoir volé la vedette.

Félix Rouville a ouvert la bouche le premier :

— Tremblay, c'est ça la belle visite de ton père ? Pas la peine de te vanter ! Facile d'imaginer un père héroïque comme ça !

— Un père imaginaire, oui! a ajouté son frère Justin.

Nathan et une fille de ma classe sont venus à ma rescousse au même moment:

— Laissez-le tranquille! a hurlé Nathan.

— Il est déjà assez mal à l'aise comme ça! a ajouté Audrey Guillaume.

J'ai eu l'air encore plus fou. Le pire, c'est que je comprenais les gars. Je me retenais pour ne pas crier: «Vous avez parfaitement raison! Ma composition, c'est *Mon père, ce zéro* qu'elle aurait dû s'intituler.»

Quand je suis rentré de l'école, enragé, mes parents rigolaient dans la cuisine. En pyjama, en plein après-midi, ils étaient en train de manger un bol de céréales! Trouvez l'erreur. En me voyant, mon père s'est rappelé la rencontre prévue. Ma mère et lui m'ont juré que la note n'était pas sur le frigo quand ils s'étaient levés (la feuille était tombée sous l'appareil).

— Excuse-moi, Daco! J'ai complètement oublié! (Ses cheveux hérissés, comme ceux d'un punk, lui donnaient un air ridicule.)

J'ai filé dans ma chambre sans rien dire. Le pire, c'est que c'était surtout à moi que j'en voulais. Je m'en voulais d'avoir été aussi innocent et d'avoir cru que *cette fois* mon père serait au rendez-vous.

Plus tard, monsieur Rendez-vous raté est entré dans ma chambre pour me demander si c'était une bonne idée qu'il offre la maquette de sa caserne à la classe. Une maquette ultra-réaliste, super chouette, qu'il avait gagnée au souper annuel des pompiers et qu'il m'avait donnée. Je n'ai même pas été étonné. Ravalant ma colère, j'ai répondu comme il le faisait toujours :

— Pas de problème. (Selon mon père, il n'y a jamais de problèmes ; moi, je pense exactement l'inverse.)

Quand il a refermé la porte, je bouillais. La marmite était sur le point d'exploser. C'est à ce moment-là que Nathan m'a téléphoné pour savoir comment j'allais. Il n'a pas été surpris une miette d'apprendre que mon père voulait reprendre son cadeau sans penser que ça pouvait me blesser.

Il a soupiré, presque plus découragé que moi :

— Ton père n'est vraiment pas drôle, Daco !

J'ai essayé de remettre le couvercle sur la marmite.

— Bah... j'en ai vu d'autres. T'en fais pas. Qu'est-ce que tu m'as dit l'autre fois ? De prendre ça plus légèrement ?

En réalité, j'étais totalement enragé. Mais Nathan était tellement désolé pour moi, je n'ai pas voulu en rajouter.

Après avoir raccroché, je me suis allongé sur mon lit. Pas d'ordinateur ce soir-là. J'ai mis mes écouteurs pour faire jouer la musique à tue-tête. Rien de mieux que du *punk* ou du *metal* contre la déprime totale. Je ferme les yeux. Le chanteur hurle, le batteur frappe de toutes ses forces, le guitariste essaie d'arracher les cordes de sa guitare... Ça défoule !

Vers la fin du disque, j'ai ouvert les yeux. Ma mère était dans le cadre de la porte. Son pouce était levé devant son oreille, son petit doigt, devant sa bouche. Elle articulait un mot, pas trop sorcier à

deviner : « té-lé-phone ». Puis : « Na-than ».
J'ai tiré sur le fil de mes écouteurs. La
musique de Over My Dead Body a envahi
la pièce.

5

Pour une surprise...

Au téléphone, la voix de Nathan frisait l'hystérie.

— T'es pas à l'ordi? Je viens de t'écrire.

Deux phrases seulement. Deux petites phrases et on savait tout de suite que le gars au bout du fil était plus joyeux qu'un pinson. Avec quelques mots de plus, j'étais certain d'être rabat-joie :

— J'ai vraiment le cœur à rien, Nathan. On se parle demain, d'accord ?

Avant que mon pouce enfonce la touche « OFF », Nathan a hurlé :

— Attends! Ouvre ton ordi! On a reçu un courriel à echangedeparents.com!

Nathan n'est pas du genre menteur. Qu'est-ce que c'était que cette histoire?

— Si c'est pour me faire rire, Nathan… C'est gentil, mais…

— Sérieux, Daco! C'est pas vraiment pour un échange de parents, mais ça va te surprendre. Va voir!

Là, j'avoue que Nathan a piqué ma curiosité. J'ai fait taire Over My Dead Body. J'ai ouvert l'ordi. Einstein m'a souri (mon fond d'écran). Dans la messagerie de notre adresse offre@echangedeparents.com, il y avait un courriel.

De : Funnie
À : echangedeparents.com
Objet : N'importe quand!

- -

Cher mal-aimé,

J'ai lu ton annonce avec un sourire en coin. Si seulement la vie pouvait être si facile! Je ne sais pas quel âge tu as. Mais moi, à 13 ans, je ne suis pas assez naïve pour croire qu'il est possible d'échanger un parent, aussi pénible soit-il! Si c'était possible, j'échangerais bien ma mère.

En un mot, comment te la décrire? Disons que mes amies et moi, on la surnomme Hystéria. Ça te donne une idée du personnage, non? Tu laisses entendre que ton père blague tout le temps. Ma mère HURLE tout le temps! Je ne pense pas que ce soit mieux. En fait, je pense que c'est pire et que tu te plains pour pas grand-chose. J'échangerais bien des hurlements contre des rires, crois-moi!

Si tu trouves le moyen de procéder à la substitution, ça ne me dérange pas de me retrouver avec deux pères, pas de mère. J'échangerais ma mère *anytime* contre ton père farceur.

À bon entendeur, salut!

Funnie

Ça, alors! Je ne m'attendais vraiment pas à ça! Nathan, toujours au bout du fil, trouvait le courriel comique et touchant.

Il m'encourageait à répondre à cette Funnie.

— Comment elle m'a appelé? «Cher mal-aimé»? Elle rit de moi, non? j'ai demandé à Nathan, plus trop sûr de mon sens de l'humour.

— Cette fille a surtout envie d'échanger avec quelqu'un. Pourquoi écrire, sinon?

Bizarre, le hasard! Pendant des semaines, notre site n'avait attiré qu'une dizaine de personnes et nous n'avions reçu aucun courriel. Tout à coup, pour donner raison à Nathan, on recevait le lendemain du message de Funnie un courriel d'un autre jeune mécontent de ses parents. Le surlendemain, deux autres courriels atterrissaient dans notre boîte de réception. On aurait dit que nous venions de donner naissance à une vague d'insatisfaits. Ç'a été comme ça toute la semaine et la suivante!

La sonnerie de la messagerie n'arrêtait pas! Chaque soir, au retour de l'école, Nathan et moi, on faisait nos devoirs en quatrième vitesse. Ensuite, on lisait nos courriels. On écrivait à plein de jeunes qui, comme moi, en avaient assez de leurs parents. À certains, on répondait ensemble. Pour d'autres, on se partageait la tâche. On avait aussi chacun nos préférés.

Funnie est rapidement devenue la correspondante favorite de Nathan. Chaque fois qu'il lisait un de ses courriels, il mini-couinait comme une mini-souris. Lui, il s'était donné comme nom de code Astro. Il écrivait de longs messages à Funnie. Généreux comme toujours, Astro l'encourageait à ne pas désespérer de sa mère. Funnie lui répondait. Il se tordait de rire. Il en tombait parfois en bas de sa chaise. Mais ça, ce n'était pas exceptionnel.

De : Funnie
À : Astro
Objet : Otite aiguë

- -

Cher Astro,

Merci pour tes bons mots. Et pour ton humour, aussi. Tu me demandes si j'ai essayé la ouate dans les oreilles ou les boules Quies. Mon pauvre ! Tu sais les beuglantes dans *Harry Potter* ? Eh bien, à côté des hurlements de ma mère, ce sont de douces caresses à l'oreille! De chez toi, je parie que tu pourrais les entendre!

À+,

Funnie

Moi, j'aimais bien échanger avec Zach09 et Sam. Avec Sam, surtout. On aurait dit que nos pères étaient bâtis sur le même modèle. Lui, son père n'était pas pompier, plutôt agent immobilier. Mais c'était la même chose : promesses non tenues, mêmes farces perpétuelles, même ennui pour tout ce que Sam pouvait lui raconter.

Zach09, lui, avait une mère plus hurluberlue que la mienne. Ça frôlait la catastrophe! Pour se défouler, il avait dressé l'inventaire de toutes les gaffes incroyables qu'elle avait commises. Il y avait la fois où elle avait pris le téléphérique du mont Tremblant en l'oubliant au sommet de la montagne. Il y avait la fois où elle avait fait exploser un récipient dans le micro-ondes. Il y avait la fois où elle avait défoncé

la clôture de l'école avec sa voiture…
Décourageant comme c'est pas possible !

Ça avait ça de bon, d'être insatisfait de mon père : je me faisais tout plein d'amis. Et j'en riais un coup. Finalement, je n'étais vraiment pas le seul à trouver pénible mon père ou ma mère. Une fois même, Nathan et moi, on a eu un courriel très triste d'un dénommé WD-40 dont le père était violent.

C'est Nathan qui avait décidé de lui répondre.

De : Astro
À : WD-40
Objet : Courage !

- -

Cher WD-40,

Ce que tu vis est terrible. Je te trouve super courageux de partager ça avec nous. Connais-tu l'organisme Tel-jeunes (www.teljeunes.com) ? Même si je suis prêt à échanger avec toi aussi souvent que tu le veux, je pense que des adultes auraient des moyens plus concrets pour t'aider. Je suis certain qu'ils pourront te donner un bon coup de main. Je te souhaite la meilleure des chances. Donne-moi des nouvelles sans faute!

Tiens bon, mon gars!

Astro

La réponse était arrivée cinq minutes plus tard.

De: WD-40
À: Astro
Objet: Merci!

Cher Astro,

Merci pour le tuyau! J'ai trouvé leur numéro de téléphone sur leur site. Je vais les contacter aujourd'hui même. Je te tiendrai au courant, promis.

Salut,

WD-40

Echangedeparents.com bourdonnait d'activité. On échangeait. On répondait. On y passait des heures, Nathan et moi. Ça faisait du bien à beaucoup de jeunes, je crois.

▲ ▼ ▲

Je ne sais plus si c'est Nathan ou moi qui en ai eu l'idée. Un bon jour, on a décidé de créer un forum pour échanger en direct. Parce que répondre personnellement à tous les courriels qu'on recevait, ça prenait un temps fou. Et puis, ce serait amusant de communiquer tous ensemble.

D'abord, il fallait trouver un nom à notre forum. Malgré notre bonne volonté, l'inspiration n'était pas trop au rendez-vous. En tout cas, pour aucune de nos trouvailles, on n'était au diapason.

— Qu'est-ce que tu penses de *ALLÔ, LA TERRE?* suggérait Nathan.

— Pas vraiment.

— Peut-être *TROP, C'EST TROP*. Qu'est-ce que tu en dis?

— Ordinaire.

Notre brassage d'idées ne donnait pas grand-chose. Finalement, Nathan a envoyé un courriel à Funnie pour lui demander de l'aide. Le lendemain, elle nous a fait parvenir une longue liste de propositions. Parmi toutes ses suggestions, il y avait *LA CONFRÉRIE DES MAL-AIMÉS*. À Nathan et à moi, c'était notre préférée.

Dans les semaines qui ont suivi, on s'est amusés au maximum! Je n'étais pas le seul à avoir envie de me défouler! Parfois, c'était du délire total! Ça allait dans toutes les directions.

Nathan faisait le modérateur quand ça tournait carrément à la folie. Pour les sondages, c'est moi qui comptabilisais les votes. J'établissais toutes sortes de statistiques farfelues. Funnie ajoutait son grain de sel. Elle proposait des proverbes déformés et des rubriques: «Ah! vous dirais-je, maman, ce qui cause mon tourment…»; «Un congé parental s'il vous plaît»; «Les jeunes et les enfants d'abord»…

La **Confrérie**
des
mal-aimés

« Les parents devraient-ils toujours dire OUI ? »

○ oui   ○ non

« Ont-ils raison de nous faire confiance ? »

○ oui   ○ non

« LA FOIS... où ils nous ont le plus déçus ? »

« Faut-il toujours OBÉIR ? »

○ oui   ○ non

« Des parents, pour le meilleur ou pour LE PIRE ? »

« C'est quoi, LE PROBLÈME ? »

La plus dynamique des mal-aimés, c'était incontestablement Funnie. Chaque jour dans le forum, son imagination galopait, filait dans toutes les directions. À un moment donné, après une grave crise avec sa mère, elle nous a proposé un poème qui concernait la fameuse Hystéria :

De : Funnie
À : Tous les mal-aimés
Objet : Un poème
- -

Crie ! Hurle ! Tempête !

Vacarme dans ma tête !

As-tu tant de souffrance ?

N'entends-tu pas

Ta fille qui pleure en silence ?

Chasse tes tracas.

Je veux un peu de douceur.

Trouve-moi une place dans ton cœur.

Après ça, d'autres poèmes nous sont parvenus. Funnie a intitulé la section « En vers et contre tout ». Un dénommé Phil nous a soumis un poème sur son père que j'ai trouvé vraiment bien.

De : Phil
À : Tous les mal-aimés
Objet : Rubrique « En vers et contre tout »

Prestigieux performant père

Plaque patrons et paquets-de-nerfs.

Pas de promesses : plein de preuves !

Philippe, Patrick, Paul, Pascal

    paniquent

Près du précipice des pleurs et des

    plaintes.

Pouvoir parler, patiner, pêcher,

    pelleter, plaisanter avec un père...

Programme parfait !

Devant mon ordi, un soir, je me suis moi-même risqué à composer un poème. Le premier de toute ma vie.

De : mc²
À : Tous les mal-aimés
Objet : Rubrique « En vers et contre tout »

<pre>
                    je
          ne   veux
        pas un   héros
   juste un père   très ordinaire
        sachant   écouter
        pouvant   conseiller
   n'importe qui   plutôt qu'un
                    zéro
</pre>

Ça m'a fait du bien. Même que ça m'a donné une idée : et si j'essayais d'écrire un poème pour Béatrice ?

6

Les tribulations
d'un poète en herbe

Mon frère Neb aurait ri de moi à s'en tenir les côtes s'il avait su que c'est devant mon ordi, en cherchant des rimes et des images pour composer un poème, que j'avais compté séduire la belle Béatrice. Mais je savais que Nathan, lui, ne trouverait pas mon idée vilaine si je lui en glissais un mot.

On revenait de l'école. Nathan marchait clopin-clopant, le pied droit sur le trottoir, le gauche dans la rue.

— Viens-tu chez moi pour travailler au forum? m'a-t-il demandé.

— J'ai un autre projet… Un poème pour Béatrice…

Nathan a trébuché et il a encore failli se casser la margoulette. Il s'est relevé.

— Daco Tremblay, poète ? Jamais en 100 ans j'aurais pensé entendre ça ! Mais, bonne idée, ça peut plaire aux filles, il me semble. L'avis de Funnie, ça pourrait être bien, non ? Après tout, elle a écrit le premier poème sur notre site.

— Pas la peine. Salut ! ai-je dit en laissant Nathan à son pantalon plein de poussière.

Le titre du poème, je l'avais déjà en tête : *Béatrice,* tout simplement. J'avais l'intention de faire des recherches sur Internet, puis de laisser parler mon cœur, le plus joliment possible. C'était plus compliqué que je le pensais. Mais mille fois plus amusant que je me l'étais imaginé.

En me fixant des règles précises sur le nombre de vers que je voulais écrire et par quelle lettre chacun devait commencer, j'y suis arrivé. Comment je me sentais ? Très fier et totalement ridicule. Comment être certain que Béatrice n'éclaterait pas de rire en lisant ce poème ? Comment savoir

si j'augmentais les chances qu'elle s'intéresse à moi ? Et si je bousillais tout avec
mon naïf gribouillis ?

C'était mieux de réfléchir un peu. J'ai
imprimé mon texte. Je l'ai glissé dans
une enveloppe et rangé dans un tiroir.

▲ ▼ ▲

Le lendemain, à la cafétéria, le hasard a
voulu que je croise Béatrice. Elle était
assise à une table, seule, en train de révi-
ser un examen. Était-ce parce que j'avais
écrit un poème ? Je me suis dirigé vers
elle sans utiliser la méthode « Béatrice est
moche et a de gros boutons ».

La plus ravissante fille de Pierre-
Bélard a levé la tête. Elle s'est adressée à
moi la première :

— Salut, Daco ! Tu n'as pas de cours ?

J'ai posé ma main sur le dossier d'une
chaise.

— Le prof est absent. Je peux m'asseoir ? (Là, j'avoue, j'ai perdu un peu mon
sang-froid et j'ai failli réutiliser la méthode « moche-gros boutons ».)

Seule, sans ma sœur ou d'autres amies, Béatrice avait moins tendance à me traiter comme un bébé « trop chou ». Je tenais là ma chance de pouvoir lui montrer que j'étais sérieux.

Pendant quelques minutes, on a parlé d'école. J'étais déjà aux oiseaux, mais il ne fallait pas trop le montrer. Puis, deuxième coup du hasard : Philogémène Derome est passée près de nous. Béatrice s'est moquée un peu de son prénom. Sans le savoir, elle venait de me présenter un sujet en or sur un plateau d'argent.

— Parlant de noms… J'ai consulté un dictionnaire des prénoms sur Internet. Sais-tu ce qu'on dit sur le tien ? « Béatrice est heureuse et rend heureuse. »

Les beaux yeux bleus de Béatrice ont brillé :

— C'est vrai ? Chouette !

Bon filon. J'ai continué :

— D'où le mot béatitude. Bonheur parfait, si tu préfères.

Béatrice était franchement impressionnée.

— Tu en sais des choses, Daco !

Surtout, ne pas s'emballer. Le danger de devenir trop verbo me guettait. Je me connais. J'aurais pu donner à Béatrice des tonnes d'informations sur son prénom. Lui dire que l'Italien Dante avait écrit *La Divine Comédie*, une histoire dans laquelle sa bien-aimée Béatrice le menait au Paradis. Mais non. Très important : modérer mes transports. J'en décourage souvent plusieurs avec mes connaissances enthousiastes. Avec Nathan, je peux parler sans fin. Avec d'autres comme mon père, c'est loin d'être le cas.

Héroïquement, j'ai réussi à me lever. Je serais resté en compagnie de Béatrice des heures et des heures. Mieux valait partir couvert de gloire. D'un air détaché, j'ai lancé :

— À la prochaine, Béa !

Impeccable, le gars ! J'étais vraiment fier de moi. Le plus calmement possible, j'ai pris le chemin de mon cours de math. Avec un air complètement gaga. J'aurais voulu sauter et crier « *Touch down* ! »

comme le fait Neb quand il écoute le football.

Quelques secondes plus tard, la nouvelle matière qu'on voyait dans le cours passait direct entre mes deux oreilles, sans s'accrocher nulle part entre les deux. Normalement, j'aurais eu les neurones en ébullition. Ce jour-là, c'était impensable.

Impensable aussi qu'Audrey Guillaume attire mon attention en balançant son pied sous le bureau ; en frisant ses longues mèches blondes avec ses doigts ; en toussotant ; en m'offrant son plus beau sourire. Ça faisait des semaines qu'elle me tournait autour.

Honnêtement, elle me laissait totalement indifférent. Au début, je ne l'avais même pas remarquée. C'est Nathan qui m'avait parlé d'elle. D'accord, elle était gentille, mais jamais aussi rayonnante que Béatrice. De toute façon, avant Béatrice, les filles ne m'intéressaient pas tant que ça.

Après le cours, Audrey m'a accosté près des casiers :

— Veux-tu que je te prête mes notes, Daco ? Tu n'avais pas l'air de suivre. Tu n'as pas pris ton crayon une seule fois.

— C'est gentil, ça va aller. Il faut que je me sauve. Merci !

Pauvre Audrey ! Si elle avait su que toutes mes pensées étaient pour Béatrice ! Quand et comment je pourrais lui remettre mon poème, c'était ça qui m'avait obsédé pendant tout le cours. Mille stratégies possibles et impossibles avaient occupé mon esprit. Rien d'autre.

Comme j'avais parlé à Béatrice de son prénom, j'avais une bonne raison maintenant de lui remettre mon poème. Bonne raison, d'accord. Mais était-ce une bonne idée ? Nathan ne savait pas plus que moi ce que je devais faire.

— C'est délicat, Daco, répétait-il chaque fois que j'abordais la question.

Il faut l'avouer : ni lui ni moi n'étions des pros avec les filles. Je n'avais personne d'autre pour me conseiller… Mon frère m'aurait trouvé complètement idiot de tenir à ce poème. Et moi, j'avais une intuition : inviter Béatrice au cinéma n'était pas la solution. Je devais proposer quelque chose de plus original, quelque chose qu'un gars de l'âge de Béatrice ne ferait pas. Mais ce n'était pas une conviction, c'était une intuition accompagnée de doutes gros comme la Terre.

— Là, laisse-moi demander conseil à Funnie, a insisté Nathan. Elle ne vient pas à notre école, elle ne connaît même pas Béatrice. Ça ne peut pas nuire.

Qu'en disait Funnie? Elle trouvait l'idée géniale! Apparemment, j'étais un parfait romantique avec mon idée de poème. Elle a même proposé de le lire pour m'aider… Pas question. C'était déjà assez de faire lire mon poème par Béatrice! J'étais prêt à me tourner en ridicule *une* fois.

▲ ▼ ▲

Le jour suivant, je suis resté estomaqué quand j'ai vu qui j'ai vu dans la chambre de Caroline. Assise sur le lit de ma sœur, Béatrice tenait son lecteur MP3 dans ses mains. Elle était seule. Vision? Hallucination? «Daco, t'es gravement malade», me suis-je dit quand je l'ai aperçue.

Puis, mon hallucination a ôté ses écouteurs et s'est mise à parler :

— Salut, Daco. Ça va ?

J'ai été incapable d'émettre le moindre son.

— Ta sœur m'a donné rendez-vous ici, mais elle va être en retard. Elle vient de téléphoner : son cours de russe a commencé plus tard que prévu. Ton père m'a ouvert.

J'étais planté comme un piquet dans le cadre de la porte. Je ne savais pas quoi dire, quoi faire. Béatrice est venue à mon secours :

— Es-tu aussi original que ta sœur ? Savant comme tu es, j'imagine que tu parles le russe, toi aussi, ou l'allemand ?

J'ai éclaté de rire, un peu trop fort d'ailleurs :

— Les langues, c'est pas trop mon genre. J'aime mieux les sciences…

Là, je me suis arrêté. Car entre les langues et la poésie… il y avait un lien. Mes mains sont devenues moites et mes jambes, molles. J'ai continué d'une voix tremblante :

— Quoique… Je dis ça… J'écris parfois… Si tu veux, je peux te montrer.

Béatrice a froncé les sourcils. Son air intrigué la rendait encore plus belle.

Je suis allé jusque dans ma chambre en chancelant. J'ai ouvert le tiroir en tremblant. De retour dans la chambre de ma sœur, j'ai tendu l'enveloppe à Béatrice.

Étonnée, elle l'a ouverte et en a retiré une feuille. Je me suis senti mal. J'ai regardé les lèvres de Béatrice lire silencieusement mon poème :

Bizarre état que le mien

Élevant mon regard vers toi

Avec l'espoir que tu me regardes enfin

Tu es la plus lumineuse étoile

Rien n'égale ta beauté

Ici-bas comme au ciel

C'est pour toi que mon cœur bat

Et le tien ?

La tête baissée, Béatrice a balbutié :

— … Daco… Qu'est-ce que…

Je ne l'avais jamais vue si embarrassée. Quelle idée ! Je ne savais plus où me mettre. Je ne savais plus quoi faire. Je ne savais plus quoi dire.

— Béa… ai-je commencé avant de m'arrêter, incapable de poursuivre.

Après avoir jeté un dernier coup d'œil au poème, elle a replié la feuille.

— Tu… Tu as écrit ça pour moi ?

Silence. On aurait dit que j'avais perdu l'usage de la parole. Ma bouche s'ouvrait, puis se refermait. Aucun son n'en sortait. Comme un stupide poisson dans son bocal.

— Tu… tu es amoureux de moi ?

Difficile de décrire l'air qu'avait alors Béatrice. Pas horrifié, non. Mais pas enchanté non plus. Elle était complètement dépassée par les événements. Totalement surprise. Pas agréablement, mais pas en colère non plus.

Mal à l'aise, elle a murmuré : « Merci. Je veux dire pour le poème. » De toute évidence, elle cherchait quoi me dire et, surtout, comment me le dire. J'aurais voulu disparaître sur-le-champ. Remonter le temps et récupérer mon sapristi de poème. Ne jamais l'avoir écrit.

De la main gauche, Béatrice frottait nerveusement son genou par-dessus son jeans. Scrountch-scrountch, scrountch-scrountch, c'est tout ce qu'on entendait dans la pièce. Finalement, elle a fait un drôle de sourire, gêné :

— Écoute, Daco. Ton poème est super beau…

Je n'ai pas de statistiques là-dessus, mais une phrase qui commence par « Écoute » annonce 99 % du temps une remarque désagréable. Certain.

— Content qu'il te plaise, ai-je balbutié en attendant la suite moins flatteuse.

Même si je n'avais plus aucun espoir, j'essayais de garder une certaine tenue. Mais j'aurais plus facilement comparé mon état intérieur à du jello liquide.

Béatrice a ramené derrière son oreille une longue mèche de cheveux. Puis, elle s'est éclairci la voix.

— Dommage que tu sois si jeune, Daco. Tu dis des choses vraiment plus intelligentes que tous les gars de mon âge… Tu es tellement intéressant.

J'étais mentalement en train de classer « intéressant » aux côtés de « trognon » et « trop chou » en cherchant comment convaincre Béatrice que j'étais différent de cette image qu'elle avait de moi.

— Béa…

Comme si j'étais condamné pour l'éternité à ne plus pouvoir dire au complet le nom de Béatrice, c'est le moment qu'a choisi mon père pour se pointer avec ses souliers de clown. Accoté contre la porte d'entrée, il s'est esclaffé.

— J'en ai une bonne à vous raconter ! Je viens de l'entendre à la télé. C'est l'histoire d'un gars qui va à la chasse avec un Pékinois et un Danois…

Pas une seconde Gros rigolo ne s'est demandé s'il nous dérangeait. C'est le genre de question qui ne lui vient *jamais* à l'esprit. Je le regardais raconter son histoire à Béatrice. Bla bla bla et bla bla

bla... J'avais honte, j'étais découragé. Mon père ne comprenait jamais rien.

— ... et l'autre gars répond : « J't'avais dit de prendre un setter anglais ! » Setter anglais... tu la comprends, Béatrice ?

Béatrice a ri.

— Elle est vraiment bonne, monsieur Tremblay.

J'ai regardé mon père d'un air bête, sans sourire. A-t-il senti la soupe chaude ? Il a vite lancé :

— Bon, j'vous laisse... les amoureux !

Le pitre a déguerpi en me décochant un clin d'œil. Je me suis tourné vers Béatrice :

— Faut pas faire attention à lui. C'est un clown... C'est tout ce qu'il est d'ailleurs.

Béatrice ne semblait pas d'accord :

— Un père drôle, c'est pas mal, je trouve.

— Je te le donne si tu veux, ai-je dit en essayant de sourire.

Fin de cette discussion. Le malaise est revenu, encore plus lourd qu'avant l'arrivée de mon père. De nouveau, Béatrice a re-placé une mèche derrière son oreille. La même.

— Daco, je ne veux pas te briser le cœur… Mais c'est mieux que tu ne penses plus à moi…

Quand j'ai entendu ces paroles, le sol s'est dérobé sous mes pieds. Le cœur m'a manqué. Imaginez que vous êtes dans un ascenseur qui pique droit vers le sous-sol à partir du 30e étage… Même sensation.

— Promis ? m'a-t-elle demandé avec ses yeux plus beaux que tout.

Et moi, le fou, j'ai promis.

7

Humeur noire

Ma sœur Caroline est arrivée deux secondes après ma promesse. J'ai déguerpi aussitôt. Mon orgueil n'était pas si blessé. On n'en a pas tant que ça quand on est capable d'offrir un poème à une fille de 16 ans et de prendre le risque de se faire renvoyer comme un chien pas de médaille. J'ai plutôt pris mes jambes à mon cou pour cacher à Béatrice et à ma sœur mon total désespoir.

Total désespoir qui s'est immédiatement transformé en immense colère dès que j'ai aperçu mon père dans le salon, devant la télé. D'habitude, je ne suis pas capable de lui dire ce que je pense de lui et de ses farces. Mais là, ç'a été plus fort que moi. Les dents serrées, j'ai marmonné :

— T'es vraiment nul !

Pas certain d'avoir bien compris (moi-même, j'avais un doute !), mon père a baissé le volume de la télé :

— Qu'est-ce que tu as dit ?

Là, j'avoue, j'ai manqué de courage. Dire deux fois à son père qu'on le trouve moche, ce n'est pas évident. Encore plein de colère, j'ai quand même eu le cran d'ajouter :

— Ta blague, elle était nulle.

Mon père a fait comme si de rien n'était. De toute façon, il ne devait pas comprendre pourquoi j'étais comme ça. Il a replacé le coussin du fauteuil dans son dos.

— Ah ? Moi, je la trouve super bonne. En plus, je suis sûr que les gars à la caserne…

Je lui ai coupé le sifflet :

— Ça t'arrive de penser que tu peux déranger ?

Là, il m'a regardé comme si j'avais trois têtes, couleur vert fluo. J'ai quitté le salon sans attendre la réponse et sans plus d'explications. Ensuite, dans le corridor, j'ai contourné ma mère qui voulait parler du souper. J'ai hurlé « Pas faim ! », avant de claquer la porte de ma chambre. Et clac ! le lendemain. Et clac ! le surlendemain aussi.

▲ ▼ ▲

J'ai été d'humeur massacrante toute la semaine suivante. Plus personne à la maison n'osait me parler. Sauf Neb qui se moquait de moi en m'appelant Baboune.

Nathan s'occupait tout seul de La Confrérie des mal-aimés. Je n'avais plus le goût de rien. Ce qu'on fabriquait à l'école, je m'en fichais complètement. Je traînais mes souliers tous les matins de la semaine dans cette grosse boîte en béton gris, un point c'est tout.

Un jour, pendant qu'on rentrait de l'école, événement incroyable : Nathan a perdu patience :

— Daco, faut te secouer. Une fille, bon Dieu ! Ce n'est pas la fin du monde !

Le regard que je lui ai lancé lui a vite prouvé le contraire. Il a quitté le trottoir. Pour la première fois, après des années d'amitié (Nathan et moi, on se connaît depuis la maternelle), il est rentré seul, de son côté. Je devenais un monstre. Mon humeur était tellement exécrable qu'elle avait eu raison de mon plus fidèle ami, l'increvable Nathan Bérubé. Je m'en suis voulu un peu.

Mais un increvable, c'est un increvable. Malgré mon mauvais caractère et mon air bête, Nathan m'a laissé tomber même pas vingt-quatre heures. Le lendemain matin, il faisait les cent pas devant la maison, en attendant que je sorte. On a pris le chemin de l'école ensemble, comme toujours.

Mon vieil ami m'a mis la main sur l'épaule :

— Daco, excuse-moi pour hier. Je n'aurais pas dû…

Gentil comme Nathan, ce n'est pas possible !

— Arrête! C'est pas à toi de t'excuser! Je ne suis pas du monde, ces temps-ci!

— Juste ces temps-ci? a demandé Nathan en riant pour détendre l'atmosphère.

Pendant une minute, je suis resté silencieux, perdu dans mes pensées. Puis, j'ai soupiré.

— Béatrice et moi, c'est fini.

C'était la première fois depuis une semaine que je mentionnais ce douloureux prénom. Nathan m'a remis la main sur l'épaule.

— Désolé, vieux. Une de perdue…

— Tais-toi ou je t'arrache la tête!

Nathan a avalé de travers. Pauvre lui! Je lui en faisais voir de toutes les couleurs! On a marché côte à côte le reste du trajet, sans dire un mot. Sa présence me consolait un peu.

Après cette menace d'arrachage de tête, le sujet Béatrice est devenu tabou entre nous. Ça tombait bien, j'aimais mieux ne plus parler d'elle, ni la voir d'ailleurs. Trop souffrant. Elle ne venait plus à la maison. C'était plutôt Caroline qui allait chez elle (avait-elle tout raconté à ma sœur? Je ne le savais pas). À l'école, je la croisais parfois, avec un pincement au cœur. Mais l'un et l'autre, on changeait de route dès qu'on le pouvait.

Nathan semblait muni d'un radar pour détecter la présence de Béatrice dans un corridor ou à la café de l'école. Il me prenait par le bras. Il m'attirait dans une autre direction. Je savais qu'il venait de m'éviter une autre crise de cœur.

Pour plusieurs raisons, Nathan tenait mordicus à La Confrérie. L'une d'elles, bien sûr, c'est qu'il avait énormément de plaisir à correspondre avec Funnie. Une autre de ces raisons, c'est qu'il voulait à tout prix me changer les idées, chasser ces idées noires qui me rendaient malheureux. C'est à ça que servent les vrais amis.

— Il y a un nouveau membre qui écrit chaque jour dans le forum. Il est super drôle! Tu devrais le lire, Daco.

— Pas le goût.

— Son surnom, c'est Ping-pong. Ses parents séparés se disputent tout le temps à propos de sa garde. Dans le forum, il commente les échanges des deux ennemis jurés. *Smash* de sa mère; amorti de son père… Feinte de son père; raté de sa mère…

— Pas le goût, Nathan.

L'infatigable Nathan, champion des casse-pieds, continuait:

— C'est pas comme les blagues de ton père. Je te parie 1 000 $ que tu éclates de rire en le lisant. Viens à la maison, on va lui répondre ensemble…

— Tu ne lâches jamais, hein? Désolé, Nathan, je rentre. On se voit demain.

Je n'avais vraiment pas besoin d'un clown supplémentaire. Un me suffisait. En fait, je n'avais le goût de rien. Absolument rien. J'en avais marre de tout.

Une heure plus tard, je surfais sans conviction sur Internet. La sonnerie a retenti (un nouveau courriel). J'ai éteint l'ordi. Je me suis couché sans vérifier qui m'écrivait à cette heure et pour quelle raison. Si j'avais su!

8

Daco, tu rêves !

Le message provenait d'un café Internet. Adresse : linternetcaf@hermes.net. Avant d'aller à l'école, j'avais décidé d'ouvrir ce courriel qui, la veille, me laissait complètement indifférent.

De : Père en quête d'un fils
À : Jeune en quête d'un père sérieux
Objet : Une proposition

Cher fils potentiel,

J'ai lu avec beaucoup d'intérêt l'annonce que tu as fait paraître sur echangedeparents.com. J'espère que tu ne seras pas déçu : je ne suis pas un jeune qui voudrait échanger mon père contre le tien. Je suis plutôt un père. Enfin, je l'ai déjà été. J'ai malheureusement perdu mon fils. Je ne tiens pas à en parler, mais disons que j'ai le sentiment de ne pas m'en être bien occupé. Je serais heureux si tu me donnais l'occasion de me reprendre.

Si je te comprends bien, tu ne sembles pas très content de ton père actuel. J'estime que je pourrais être un père sérieux tel que tu sembles en chercher un. Nous pourrions nous écrire par courriel ou clavarder ensemble. Penses-y. Je t'écrirai demain pour savoir si mon offre t'intéresse.

Signé : Ton futur papa (?)

Là, j'étais bouche bée. Comme je ne l'ai jamais été de toute ma vie. Sans voix, sans mots, sans jambes, sans bras. Assis devant mon ordi, complètement soufflé. Toute la journée, j'ai été comme ça. Figé. Incapable de bouger la mâchoire, en tout cas.

En chemin pour l'école, avec Nathan, je n'ai pas prononcé une seule parole.

— Daco, ça va ? me répétait-il, de plus en plus inquiet.

Je faisais oui de la tête. C'était le maximum que j'arrivais à exprimer. Trop beau pour être vrai ? Trop vrai pour être beau ? Je ne savais plus. Je ne m'attendais vraiment pas à ça.

Plus tard, les yeux fixés sur mon plateau à la cafétéria, j'ai eu un déclic. Mon esprit objectif et scientifique m'est finalement revenu.

— Attends un peu, Nathan Bérubé… C'est toi, n'est-ce pas ? Tu m'as inventé un faux père pour me remonter le moral, c'est ça ?

— Qu'est-ce que tu racontes ? a demandé Nathan en renversant accidentellement sa bouteille de jus sur la table.

— T'es vraiment généreux. Mais là, tu vas trop loin, bonhomme.

Nathan a fini d'éponger son dégât. Il a pris une grande respiration. Ma mère fait ça quand elle veut être zen.

— Tu peux m'expliquer de quoi tu parles, *s'il te plaît*?

— Du courriel de echangedeparents. com. Un homme qui m'offre d'être mon père, ça te revient?

— Sans farce? Raconte!

La demande de Nathan était sincère. Mon ami ne mentait pas. Cette histoire, c'était donc vrai? J'ai résumé l'affaire à Nathan.

— Ça, par exemple!

Nathan n'en revenait pas. Je brûlais encore plus d'impatience de rentrer chez moi. L'après-midi m'a semblé infiniment long.

Une fois à la maison, je me suis précipité sur l'ordinateur. Un nouveau message! L'adresse courriel était toutefois différente. Pendant une seconde, j'ai eu peur que ce ne soit pas lui.

De : Père en quête d'un fils
À : Jeune en quête d'un père sérieux
Objet : Alors ?

Salut fiston (?),

As-tu passé une bonne journée à l'école ? J'imagine que tu y es très sérieux (un jeune qui recherche un père sérieux doit l'être lui-même, non ?). J'espère que tu as quand même pris le temps de penser à mon offre. Je suis disponible pour communiquer avec toi par courriel aussi souvent que tu le veux. Si tu préfères, on peut clavarder. Je serais généralement libre entre 17 h et 18 h, à ton retour de l'école.

J'attends de tes nouvelles,

Papa (?)

Mes yeux se sont portés vers le bas de mon écran, à droite : 16 h 30. Quoi faire ? Répondre tout de suite par courriel ou attendre 17 h pour échanger avec lui en direct ? Et qu'est-ce que j'allais bien pouvoir lui raconter ?

16 h 31 : Les minutes n'ont pas toujours la même durée ! Parfois, le temps passe super vite. Parfois, le temps est interminable. Einstein parle de ça, dans sa théorie de la relativité. Quelque chose comme la différence entre parler avec une jolie fille (une heure qui semble une seconde) et être assis sur des braises ardentes (une seconde qui semble une heure).

16 h 33 : Il ne restait que 26 minutes si je préférais lui écrire un courriel plutôt que de clavarder avec lui.

16 h 37 : Plus j'y pensais, plus j'avais envie d'échanger avec lui. Qu'est-ce que je perdais à essayer ? Je ne pouvais pas être plus déçu que je ne l'étais.

16 h 38 : À moins que oui ? Être déçu par un deuxième père, est-ce que je m'en remettrais ?

16 h 44 : Curieux hasard quand même, un père qui se cherche un fils au moment où je désespère totalement du mien. De combien sont les probabilités qu'un homme tombe sur mon site au moment où j'ai le plus besoin que ma situation change ?

16 h 45 : Une sur des milliers ?

16 h 50 : Une sur des millions ?

16 h 54 : Une sur des milliards ?

16 h 57 : ????

17 h 00 : Qui risque rien n'a rien (phrase très populaire dans les livres de ma mère). Je me suis lancé !

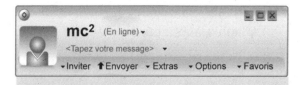

mc² (En ligne) ▾

<Tapez votre message> ▾

▾Inviter ⬆Envoyer ▾Extras ▾Options ▾Favoris

mc² Bonjour monsieur ?

Pep Appelle-moi Pep, si tu veux.

mc² Pep ?

Pep **P**ère **E**n **P**robation.

mc² « Probation », ça ne fait pas un peu prisonnier ?

Pep Juste. Tu es savant. Je voulais dire, dans le sens : père si je le mérite, si tu acceptes que je le devienne… Pep, ça me semble dynamique, positif. Mais, si tu n'aimes pas ça, pas de problème. On peut trouver autre chose. Y a-t-il un nom qui te plairait?

mc^2 Comme ça, là…

Pep Tu m'en reparleras. C'est bien, non, qu'un jeune donne lui-même un nom à son père?

mc^2 Pour vous dire la vérité… J'en ai assez d'être le parent de mes parents. De toute façon, moi, les prénoms… Pep me convient.

Pep Et toi, mc^2, qu'est-ce que ça signifie?

mc^2 C'est la formule de la théorie de la relativité. $E=mc^2$, c'est-à-dire l'énergie est égale à la masse multipliée par la vitesse de la lumière au carré.

Pep Bien sûr, c'est vrai! Où avais-je la tête? Je suis chercheur scientifique. Les formules, ça me connaît!

mc^2 Ça, alors! J'adore les sciences. On s'en reparlera si vous voulez.

Pep Accepterais-tu de me tutoyer?

mc^2 OK.

> **Pep** Tu es d'accord pour qu'on corresponde, donc?
>
> **mc²** Je suis d'accord.
>
> **Pep** Ça me fait très plaisir. Merci, mc².
>
> **mc²** C'est moi qui vous... te remercie, Pep.

Deux secondes après la fin de notre échange, je me suis précipité chez Nathan, qui habite à cinq maisons de chez moi. Ma mère était en pleine inspiration cette semaine-là, elle ne sortirait pas de son atelier avant longtemps. Le souper ne serait pas prêt de sitôt. Ma sœur jasait avec ma belle Béatrice. Neb était sorti. Et mon père n'était pas rentré non plus.

Nathan montrait moins d'enthousiasme que moi. Il a baissé la tête et m'a regardé par-dessus ses lunettes:

— Pep, c'est pas très sérieux comme prénom.

— Il est super! C'est un scientifique. Si tu savais comme je suis content, Nat!

J'étais excité comme c'est pas possible, ce jour-là et les autres qui ont suivi. Aussitôt arrivé de l'école, je me précipitais pour clavarder avec mon nouveau père. On avait plein de points en commun, plein de sujets de conversation. Ça me faisait un bien fou d'échanger avec lui!

Je racontais tout cela à Nathan. Parfois, je le sentais réticent, un brin sceptique… En même temps, il était content de me voir enfin de bonne humeur. Lui, de son côté, il s'amusait comme jamais sur le forum, et plus particulièrement avec Funnie. Il correspondait avec elle des heures et des heures (à croire qu'il commençait à être amoureux).

— Pep est une vraie bolle. Quand il me parle de son travail, je ne comprends que des petits bouts. Mais c'est vraiment passionnant. Il travaille à des recherches ultra-secrètes dans un laboratoire.

Bref, je m'emballais. Nathan souriait.

À la maison, c'était au tour de mon père d'avoir la mine basse. Moins de télé, moins de blagues. Quand il rentrait à la maison, il nous lançait un bref salut. Sans commencer par : « J'ai eu un *fun* noir avec les gars, aujourd'hui. » Totalement nouveau comme comportement. Ça allait peut-être mal pour lui au travail ou avec ma mère. Mais, pour dire la vérité, je m'en fichais complètement. Pas toujours à moi de se faire appeler Baboune.

Contrairement à mon père, Pep était passionné par ce que je faisais. Il s'intéressait à mes recherches sur Internet. Il me demandait des nouvelles de notre forum, à Nathan et à moi. Il voulait savoir ce que j'avais envie d'étudier plus tard.

Il tenait aussi à ce que je lui dise pourquoi mon père me décevait tant. Ça n'a pas été long, je me suis vidé le cœur ! J'ai raconté l'oubli du tournoi de bowling père-fils. J'ai parlé de ma déception qu'il ne se présente pas en classe pour parler de son métier. J'ai critiqué sa façon de ne jamais me prendre au sérieux.

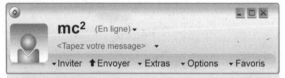

mc² Bref, mon père me déprime totalement.

Pep Du vrai gâchis! Tu es un gars extraordinaire. Ton père ne sait pas la chance qu'il a d'avoir un fils comme toi.

mc² Merci.

Pep Les parents ne se rendent pas toujours compte du mal qu'ils font à leurs enfants. Pas par méchanceté, plutôt par inconscience. Soyons honnêtes: aussi par égoïsme ou par manque de maturité. Je comprends ta peine et ta frustration.

mc² Juste d'en parler, ça me fait déjà du bien.

Pep Mais si on abordait un sujet plus amusant? Tu me disais que tu venais de terminer un livre sur Einstein. Ça t'a plu? C'était comment?

Quel père! Enfin!

9

Le clown est triste

Plus je rayonnais, plus mon père et même ma mère devenaient sombres. J'avais parfois l'impression de m'être trompé d'adresse. La super baboune de mon père, ç'aurait été difficile de ne pas la remarquer. Mais l'ambiance générale, j'avoue que je n'y ai pas prêté attention tout de suite.

Je débordais tellement de joie. J'étais sur un nuage. Il a fallu que ma mère utilise la méthode « Je t'envoie un message » pour que je m'en rende compte. Quand il y a quelque chose qui cloche vraiment, ma mère multiplie les paraboles et les comparaisons. Chaque fois, apparaît au-dessus de sa tête un énorme panneau lumineux où est écrit en lettres majuscules clignotantes : M-E-S-S-A-G-E !

Un soir, le panneau s'est mis à clignoter quand je me suis pointé le bout du nez dans son atelier, après avoir clavardé longtemps avec Pep. J'étais heureux, je flottais dans les airs. J'ai eu envie de rendre visite à ma mère. J'aime bien son atelier, mais je n'y vais pas souvent. Il faut dire que j'apprécie moins ses interminables explications à propos de ses sculptures.

Tous ceux qui ont vu l'atelier de ma mère n'en reviennent pas. Il n'y a sûrement pas un autre atelier zen dans un pareil fouillis ! Dans un coin, il y a un curieux monticule de souches et de bouts de bois que ma mère a ramassés un peu partout sur les bords des cours d'eau. Les morceaux les plus nouveaux sont encore pleins de sable, d'algues ou d'insectes morts. Dans un autre coin, il y a des centaines et des centaines de galets. Mes préférés ont des nervures qui ressemblent aux anneaux de Saturne. À côté, sur une longue table, il y a des ficelles et des cordes toutes entremêlées, des pots de colle, des bandelettes de plâtre, etc. Nathan dit que l'atelier de ma mère est un capharnaüm feng shui qui a perdu le nord.

Quand je suis rentré, ma mère était assise sur son tabouret. Elle essayait de faire tenir ensemble un galet et un bout de bois avec du raphia, une sorte de corde naturelle.

— Je termine une sculpture. Tu pourras l'offrir aux parents de cette… comment déjà ? Funnie ? quand tu iras à son *party* la semaine prochaine. Chouette, non ?

— Super ! ai-je menti.

D'un seul coup, la moitié de mon entrain était disparue. Je déteste donner les œuvres de ma mère en cadeau. Je ne sais jamais si les gens vont adorer ou détester. Est-ce que j'aurai droit à : « *Wow*, tu remercieras ta mère, Daco ! » ou à : « Oh ! C'est quoi ce… cet… » ?

Et pour expliquer les sculptures de ma mère, je ne suis pas le meilleur. Exemple : ce que j'avais sous les yeux, ce soir-là, je n'aurais pas trop su comment le décrire. Les explications de ma mère elle-même ne me semblaient pas plus claires. Je n'avais pas encore remarqué que le panneau M-E-S-S-A-G-E avait commencé à clignoter.

— Ça s'intitule : *Donner une chance*, m'a dit ma mère. J'avais d'abord pensé à *Bouddha est triste*, mais ce n'est pas assez joyeux comme titre. Qu'en penses-tu ?

— Euh…

Ma mère a ajouté quelques tours de raphia autour de son bout de bois.

— Tu vois, Daco, la vie suit son cours. Parfois, des événements semblent nous amener à la dérive. Tu me suis ?

Je me suis gratté la tête.

— C'est exactement ce qu'exprime ma sculpture : les choses n'ont pas toujours besoin d'être dites. Il faut les sentir. Respecter les gens. Vois-tu ?

En fait, je ne voyais vraiment pas. Sauf à quel point ma mère s'embourbait. Je l'ai imaginée sur le bord d'une rivière à la recherche de bouts de souche, les deux pieds dans le sable mouvant.

— Daco, c'est clair pourtant. Tout est une question d'équilibre.

Aussi perdu qu'impatient, j'ai bre-douillé :

— Désolé, je ne comprends pas…

— On ne sait pas toujours à quel point les gens nous aiment. Ils ne nous le montrent pas toujours comme nous le voudrions. Inconsciemment, on peut les blesser…

Tout à coup, j'ai enfin vu le panneau clignotant. Pas rapide, Daco Tremblay ! Ma mère et le discours direct, ça fait toujours deux. J'aurais dû m'en douter. Là, elle a croisé les jambes sur son tabouret pour prendre la position du lotus. Un moment, j'ai cru qu'elle allait tomber. Elle a finalement tenu bon sur son banc chambranlant :

— *Donner une chance…* Pour prendre un exemple au hasard, c'est un peu comme ce que ressentirait ton père si…

Nous y étions ! En entendant ces mots, j'ai paniqué. Mes parents étaient-ils au courant de mes échanges avec Pep ? C'était là que voulait en venir ma mère avec ses explications tortueuses ? C'était pour ça que mes parents avaient un air tristounet ?

Les possibilités qu'ils soient au courant de mes échanges avec Pep étaient pourtant faibles. Probabilités presque nulles. Ma mère avait son atelier. Mon père avait son salon. Moi, j'avais ma chambre. Mes parents ne l'envahissaient jamais (sauf pour raconter des blagues plates à mes amis). Et ils n'utilisaient jamais mon ordinateur.

Quand même, c'était mieux de ne pas prendre de risques. J'ai pensé que je pouvais *un peu* parler de mon père pour éviter d'aborder le sujet Pep. Même stratégie qu'aux échecs : offrir un fou, un cavalier, une tour à l'adversaire pour éviter de perdre sa reine ou son roi.

— Toutes ces phrases, c'est pour parler de papa. Vrai ?

Pour éviter un conflit beaucoup plus grave, j'ai lancé à toute vitesse, la main déjà sur la poignée de la porte :

— Dis à papa qu'il n'a pas à faire la baboune parce que je lui ai dit que sa blague était nulle et qu'il se fichait de déranger

les autres. J'étais en colère, c'est tout.
Bouddha le clown peut redevenir joyeux.

10

Les inséparables

Cinq jours plus tard, une sculpture bizarroïde entre les mains, j'étais devant la maison de Funnie (alias Laurie Bachand) avec Nathan. On a grimpé quelques marches. Il y avait un mot sur la porte : « Entrez sans frapper, c'est le *party* ! »

— Viens-tu ? a demandé Nathan en ouvrant la porte.

Avant d'entrer, j'ai aperçu une grosse poubelle en plastique.

— Je te rejoins.

Je me suis dirigé vers le bac bleu. Lâchement, j'y ai balancé la sculpture. Puis, je suis entré. La musique venant du sous-sol faisait vibrer les murs du corridor. Avant de descendre, il fallait saluer les parents de Funnie installés dans la cuisine, près de l'escalier. Pendant une fraction de seconde, j'ai eu du remords de ne pas leur avoir offert *Donner une chance*. Qui sait ? Je venais peut-être de priver ma mère de deux admirateurs ?

Du sous-sol, la voix stressée de Nathan m'est parvenue. Il était nerveux à l'idée de rencontrer enfin Funnie, qui avait invité les mal-aimés chez elle.

Funnie nous avait assurés que sa mère ne se mettrait pas en colère ce soir-là. Juré, on ne serait pas témoins d'une de ses scènes mémorables. C'est sa mère elle-même qui le lui avait promis. Funnie et elle s'étaient parlé. Funnie avait osé lui faire lire son poème. Par le forum, elle nous avait écrit.

De : Funnie
À : Tous les mal-aimés
Objet : Invitation

- -

Oyez, oyez, chers mal-aimés !

Ici Funnie aux oreilles meurtries. C'est la trêve avec Hystéria, mon hurlante de mère dont je vous ai beaucoup parlé. Je ne sais pas combien de temps le calme va durer. Pour l'occasion, j'organise une grande fête chez moi, avec la bénédiction de ma mère. Venez vite et en grand nombre ! Qu'on se rencontre en temps de paix.

Rendez-vous : vendredi, à 19 h 30
au 18, de la Rotonde

Au plaisir de vous serrer la pince,

Funnie

— Daco, viens-tu ?

J'ai rejoint Nathan paralysé au bas de l'escalier. Une grande fille brune avec des tresses tenues par des élastiques vert lime s'est avancée :

— Voilà les inséparables, je parie !

La fille qui se tenait devant nous n'était pas une beauté. Mais ses yeux intelligents et la forme longue de son visage lui donnaient un air original, assez charmant finalement. Nathan se dandinait nerveusement. J'ai su tout de suite que Funnie lui plaisait.

Il a couiné avant de répondre fièrement :

— Nous-mêmes en personne, pour te servir !

Le regard pétillant de Funnie ressemblait drôlement à celui de Nathan.

— Astro, c'est toi ? lui a-t-elle demandé.

— Tu peux m'appeler Nathan, a répondu mon ami.

— Moi, c'est Funnie ou Laurie, comme tu veux.

Nathan s'est approché d'elle. À voix basse, il lui a soufflé quelque chose à l'oreille. À cause du bruit, Funnie n'a pas eu l'air de comprendre. J'ai vu la cage thoracique de Nathan se gonfler. Au moment où il répétait à tue-tête ce qu'il venait de dire, la musique s'est arrêtée.

— C'est vrai qu'elle n'a pas l'air com-
mode, ta mère ! était en train de hurler
Nathan.

Immédiatement, il est devenu rouge
comme une tomate. Tous les trois, on est
restés immobiles, dans la crainte que la
furie se jette sur nous du haut des esca-
liers. On a attendu une bonne minute.
Mais, apparemment, Hystéria n'avait pas
entendu. Ou elle avait décidé de respecter
la trêve. Nous avons tous respiré un bon
coup.

— Veux-tu comme ennemie la mère
de ta belle Funnie, toi ? ai-je murmuré à
Nathan.

Ça m'a valu un coup de coude dans les
côtes. N'empêche, penser que Nathan
sortirait peut-être avec Funnie m'a fait
sourire. Lui, au moins, il connaîtrait un
amour partagé. (Soupir) L'image de
Béatrice est remontée dans mon souvenir.
Mais avec un moins gros pincement au
cœur, j'avoue. Ça, c'était nouveau. (Il faut
dire que Béatrice sortait maintenant avec
un gars de secondaire 5 qui avait une auto,
des gros bras et rien dans la tête. Pas trop
mon genre.)

— Venez ! Je vais vous présenter au groupe ! a dit notre hôtesse en sautillant, joyeuse, vers ses autres invités.

Sur trois vieux canapés défoncés, il y avait une dizaine de jeunes assis. Près de la chaîne stéréo, deux gars s'occupaient de la musique. C'était probablement Zach09 et Sam, de vrais mordus. Pour l'ambiance de notre soirée, on avait choisi deux thèmes : des chansons critiquant les parents et d'autres sur l'importance de s'amuser, genre *Don't Worry, Be Happy*. Chaque mal-aimé proposait aussi sa chanson préférée. J'avais choisi une chanson de Over My Dead Body, certain de mettre à l'épreuve la résolution de la mère de Funnie quand les premiers coups de batteries retenti-raient au rez-de-chaussée.

C'était presque moitié-moitié filles/garçons. Funnie a fait les présentations. C'était vraiment chouette de rencontrer en personne des membres de La Confrérie.

Parmi toutes ces filles et tous ces gars virtuels qui devenaient réels, il y avait Phil. Son vrai nom : Philippe-Alexandre Dumoulin-Lapointe, le gars qui avait écrit le poème « *Prestigieux performant père/plaque patrons et paquets-de-nerfs...* ». Je suis allé vers lui. Le grand costaud (pas du tout comme je me l'étais imaginé) s'est levé. On s'est donné une solide poignée de mains.

— Salut! Content de te connaître, mc^2!

Au même moment, on a dit tous les deux :

— J'ai adoré ton poème.

Puis, une seconde après :

— Ah! oui?

Là, on a éclaté de rire en même temps !

Quelques minutes plus tard, on était assis dans un coin. On se parlait comme si on se connaissait depuis longtemps. Phil aimait mon poème à cause de sa forme en zéro.

— La poésie, ça ne me dit pas grand-chose. Moi, c'est les maths que j'adore. Mais ton poème, en forme de zéro... trop *cool*.

— Moi non plus, la poésie... pas trop. Mais ton idée de trouver plein de mots

commençant par la lettre P… géniale!
Se donner des directives précises, ça fait
plus scientifique, non?

— En plein dans le mille! s'est ex-
clamé Phil qui avait l'air content de parler
avec quelqu'un qui partageait ses idées.

Phil était encore plus seul que moi.
Tous les deux, on était déçus par notre
père. (Mais moi, au moins, j'avais Nathan
et j'avais Pep.) Je pouvais lui avouer que
j'avais composé un texte pour Béatrice
sans qu'il rie de moi, j'en étais sûr:

— J'ai écrit un autre poème, avec une
directive précise. Pour une fille. J'avoue
que le résultat a été catastrophique, mais
ce n'était pas vraiment à cause du poème.
Chaque vers devait commencer par une
lettre de son prénom. B – E – A – T… tu
comprends le principe. Je me suis creusé
les méninges, mon gars!

— Bonne idée! Quand une fille me
plaira, j'essayerai.

Après cette phrase, Phil est devenu
plus sombre. Une foule de choses semblait
lui passer par la tête. Enfin, peut-être pas

une foule de choses. Peut-être plutôt une idée fixe.

— En plus de n'être jamais à la maison, mon père est assez sévère. Je ne sors pas beaucoup. À part surfer sur Internet, je ne fais pas grand-chose. Le basket, une fois par semaine. Ça, j'ai le droit. J'ai dû lui mentir pour venir ici. Il croit que je suis à ma pratique.

Phil avait l'air de passer du coq à l'âne, mais je suivais bien son idée. Pas compliqué : son père le rendait malheureux. Et tant que ça durerait, les filles ne seraient pas sa priorité.

Pour l'encourager, j'ai parlé de la chance que j'avais eue d'être contacté par Pep. Ses yeux se sont illuminés, comme quand on parlait de nos poèmes.

— Faut jamais se décourager, ai-je ajouté. (J'avais l'impression d'entendre ma mère.)

Phil n'en revenait pas. Mon histoire l'impressionnait vraiment. Il me bombardait de questions. Mes réponses lui donnaient du courage. J'étais content de lui raconter ce que je vivais. Deux mal-aimés rêvant de pères formidables ! C'était beau de nous voir !

À ce moment, Nathan et Funnie sont arrivés :

— Qu'est-ce que vous traficotez tous les deux, dans votre coin ?

— On parle de Pep.

Funnie en a vite profité pour émettre son hypothèse :

— Moi, j'ai dit à Daco de se méfier. Ce Pep, c'est peut-être un maniaque. Qu'est-ce que tu en penses, Phil ?

— Mes parents me répètent tout le temps qu'il faut être prudent sur Internet. On ne sait jamais à qui on a affaire. Mais je trouve que Pep a l'air d'un homme super ! Je n'hésiterais pas une seconde, moi non plus !

Une fille qui écoutait de loin la conversation s'est approchée de nous.

— Je pense comme vous deux, a-t-elle dit en me regardant.

Je ne savais pas quel nom mettre sur le visage de celle qui venait de parler. Funnie s'en est aperçue :

— Daco-mc^2, je te présente Samantha. Sam, si tu préfères.

— Sam ?… T'es pas un gars ?

— À ma connaissance, non ! a répondu Samantha en éclatant de rire.

Ça faisait longtemps que je n'avais pas clavardé avec Sam (en fait, depuis que je communiquais avec Pep), mais je m'étais toujours imaginé que Sam était un gars.

— C'est pas toi qui devais t'occuper de la musique ?

— Oui. Pourquoi ? a-t-elle demandé en fronçant les sourcils.

— Tantôt, près de la chaîne… Pas important, laisse tomber.

Avec un nom pareil… Méchant malentendu. Mais tout de suite, j'ai trouvé cette Samantha sympathique. Elle aussi, elle avait l'air de me trouver pas trop mal :

— Comme ça, tu aimes Over My Dead Body ? J'ai ri quand j'ai reçu ta suggestion. Je pensais que j'étais la seule personne de mon âge à connaître ça.

C'est mon deuxième groupe préféré. Après Neverending.

J'ai souri à Samantha :

— Moi aussi, j'aime Neverending. Mon deuxième choix.

Funnie et d'autres jeunes s'étaient rassemblés autour de nous. Ils voulaient continuer à parler de Pep. Plusieurs pensaient que son échange avec moi était suspect. Un gars s'est mis à raconter des horreurs sur des adultes qui abusaient de jeunes en utilisant Internet comme piège.

On aurait dit qu'on était tous réunis autour d'un feu de camp, en pleine nuit, en train de se raconter des histoires de peur. Sauf que le feu de camp, c'était plutôt une table de salon. À un moment, j'ai eu l'impression que Samantha se collait de plus en plus contre moi...

— La pire de pire des histoires d'horreur qui est arrivée à un jeune qui communiquait par webcam, c'est sûrement...

Tout le monde était suspendu aux lèvres de Zach09. Il n'y avait même plus de musique et personne ne s'en était rendu compte.

Soudain, une marche a craqué. Puis une deuxième… Dans la pénombre de la cage d'escalier, une longue silhouette s'avançait tranquillement. Samantha a réduit de moitié la distance de quelques centimètres qui nous séparait encore. Une main osseuse tenait la rampe.

Le visage d'Hystéria est finalement apparu :

— Plus de musique ? C'est quoi ce mystère ? Une conspiration contre les parents ? a demandé la mère de Funnie en plaisantant.

On a tous ri jaune ! Plutôt que d'avouer à sa mère qu'elle n'était pas si loin de la vérité, Funnie a marmonné :

— Maman, tu m'avais promis…

— Je sais, ma chérie (il fallait voir le visage lumineux de Funnie quand elle a entendu ce petit mot tendre !). Mais ce silence… et il est maintenant l'heure. Nous avions dit…

Avant la fin de la phrase, on était tous debout. La mère de Funnie semblait de bonne foi, mais sa réputation de furie la précédait. Pas question de prendre le risque de voir cette mère en apparence douce se transformer en horrible créature! On avait eu notre dose d'horreur avec toutes les histoires qu'on s'était racontées.

À l'arrêt d'autobus, j'ai serré la main de Phil. J'ai également salué Zach09 et Samantha qui prenaient un bus dans la direction opposée à la nôtre. On a fait un bout de chemin avec Feufollet, David et Spring, des mal-aimés sympathiques.

Plus tard, devant chez moi, Nathan a conclu, le sourire fendu jusqu'aux oreilles:

— Soirée fabuleuse, non?

— Funnie aussi, hein?

Il s'est contenté d'ajouter (avec un sous-entendu évident):

— Je me trompe ou ta soirée, à toi aussi, a été agréable?

Comme réponse, j'ai donné une «bine» à Nathan. Petit coup qui en disait assez long. Effectivement, la fête chez Funnie avait été chouette. Plus chouette encore que ce que j'avais espéré, et pour plusieurs raisons.

Voilà. Les choses auraient pu en rester là, je me serais couché comblé. Sauf que ce n'était pas tout. Une nouvelle-choc m'attendait à la maison.

11

Frissons au rendez-vous

Il y avait des mal-aimés cachés derrière chaque arbre situé à proximité de l'endroit où on s'était donné rendez-vous, Pep et moi. (Car c'était ça, la nouvelle-choc : pendant que j'étais à la fête, j'avais reçu un courriel. Pep voulait me rencontrer !)

Ils étaient tous prêts à intervenir si les choses tournaient à la catastrophe. Un érable, un mal-aimé. Un bouleau, un autre mal-aimé. Une épinette, encore un mal-aimé. J'avais eu beau assurer Nathan que je ne risquais rien, il n'avait rien voulu entendre.

— Fais-moi confiance, Daco. On va être ultra-discrets. J'ai élaboré le plan avec

Funnie, et les autres sont d'accord. Si on voit que tout est OK, on ne vous gênera pas du tout.

Funnie avait ajouté :

— Ma mère m'a toujours crié de faire attention aux maniaques. Ça vaut pour toi aussi, Daco.

Pour dire la vérité, je les trouvais graves avec leur idée. Toutes ces paires d'yeux derrière autant d'arbres, ça me paraissait exagéré. Pep m'inspirait confiance. Me méfier de lui ne me venait même pas à l'esprit. Un maniaque, comme disait Funnie, aurait-il passé autant de temps à clavarder avec moi avant de me rencontrer ?

Comme un chien qui refuse de lâcher le vieux ballon dégonflé qu'il a dans la gueule même si vous avez beau tirer et tirer encore de toutes vos forces, Nathan n'en démordait pas : il ne fallait pas que je voie Pep seul. Il avait peut-être raison.

Pour lui faire plaisir, j'avais accepté de ne rencontrer mon correspondant qu'en présence « discrète » de La Confrérie des mal-aimés. J'étais sous haute surveillance.

Pep s'en rendrait-il compte ? Cela le ferait-il fuir ?

Un homme était assis sur le seul banc du parc peint en jaune. Ce ne pouvait être que Pep. C'était l'endroit précis où on s'était donné rendez-vous. De dos, il semblait grand et fort. Il portait un jeans et un T-shirt blanc. Pas exactement le portrait du chercheur scientifique que je m'étais imaginé.

J'ai ralenti le pas. Tout à coup, j'étais moins convaincu de vouloir lui parler en personne. Et si les copains disaient vrai ? Si Pep était une sorte d'abuseur ? J'ai commencé à regretter ma décision.

Comme s'il avait senti que je m'apprêtais à rebrousser chemin, l'homme s'est retourné et a regardé dans ma direction.

J'ai bégayé :

— ... Pa... pa ? Qu'est-ce que... que tu fais ici ?

— Salut, mon garçon ! a dit mon père le plus naturellement du monde.

Lui, il n'avait pas l'air étonné du tout de me croiser dans ce parc. On aurait dit qu'il s'attendait à m'y voir. Avait-il été averti ? Par qui ?

— Beau temps ! Attends-tu quelqu'un ? m'a-t-il demandé avec des yeux malicieux.

— Euh…

Pour une surprise, c'en était toute une. J'étais sonné. Et Pep, où était-il ? J'ai tourné la tête pour consulter Nathan caché derrière un arbre. Il a levé les épaules, pas plus au courant que moi de ce qui se passait.

Tout à coup, j'ai allumé :

— Je suis bête ! info@cas17.qc.ca, c'est pour caserne 17. Je n'y ai même pas pensé une seconde ! Pep… c'était toi ?

Mon père a souri, un peu gêné. Avait-il peur que je sois déçu ? que je l'envoie promener ? Étrangement, j'étais super content. Pas déçu une miette. Soulagé même, peut-être.

Puis, j'ai pensé à toutes les horreurs que j'avais confiées à Pep au sujet de mon père. Mon visage est devenu triste.

— Papa, je…

Mon père s'est levé. Il ne m'a pas laissé finir ma phrase :

— Ça te dirait qu'on aille au Planétarium ? Tu pourrais m'en montrer un peu. Ça ne va pas me faire de tort.

Ensemble, mon père et moi, on a quitté le parc des mal-aimés. Une fois sur le trottoir, je me suis retourné pour saluer Nathan, qui arborait un grand sourire et tenait la main de Funnie.

Le feu de circulation est passé au vert. Je me suis élancé d'un pas joyeux vers l'auto de mon père garée de l'autre côté de la rue. J'avais l'impression d'avoir des ailes.

Soudain, avant que j'aie le temps de réagir, mon père s'est précipité devant moi.

— Attention ! Da…

L'auto, que je n'avais pas vue, a frappé mon père. Devant mes yeux, il a roulé sur le capot de la voiture. Puis, il est retombé par terre. Je suis resté figé sur place, totalement paralysé.

Le bruit des freins les ayant alertés, Nathan et toute La Confrérie des mal-aimés sont accourus sur les lieux. Nathan m'a pris dans ses bras et a crié à un passant d'appeler le 911. Pas plus que moi, mon père ne bougeait. Sauf que lui était étendu sur l'asphalte. La dame du resto *En face du parc* est arrivée et a déposé une couverture sur mon père. La circulation était bloquée, et de plus en plus de personnes se regroupaient autour de mon père.

Funnie s'est plantée dans la rue pour diriger la circulation. Elle s'est mise à hurler (probablement aussi fort que sa mère) en direction du groupe :

— Éloignez-vous ! Laissez-le respirer ! Nathan, bouge tes fesses !

Alors que Nathan se ruait pour obéir aux ordres de Funnie et disperser la foule, quelques jeunes sont venus vers moi. J'ai reconnu tout de suite Phil et Samantha.

— Ça va aller, t'en fais pas, a dit Samantha.

Moi, j'étais toujours immobile. Incapable de prononcer un mot.

L'ambulance est arrivée. Deux hommes ont couché mon père, toujours inconscient, sur une civière. Ils se sont dirigés vers l'arrière du véhicule et l'ont embarqué. Quelqu'un, Nathan je crois, m'a ensuite poussé à l'intérieur de l'ambulance.

Tout le long du trajet, et même après, la sirène résonnait dans ma tête, complètement vide. J'ai eu toute la misère du monde à donner le nom de mon père et le numéro de téléphone de la maison, une fois qu'on a été rendus à l'urgence de l'hôpital.

Une dame m'a fait asseoir sur une chaise dans la salle d'attente. Elle m'a dit qu'un médecin me donnerait des nouvelles dès que possible.

Toujours figé, je n'aurais pas su dire si cela faisait longtemps que j'attendais sur ma chaise. On aurait dit que le temps s'était arrêté. J'avoue qu'à ce moment-là, je n'ai pas pensé une seconde aux théories d'Einstein.

Du bout du couloir, un jeune docteur est venu vers moi :

— T'en fais pas, petit. Ton père a été secoué, mais il va être sur pied rapidement. Je te le promets, a-t-il dit en m'ébouriffant les cheveux.

Une promesse de docteur, qu'est-ce que ça vaut au juste ? Est-ce que c'est plus valable qu'une promesse de pompier ? Combien de docteurs, chaque jour, se trompent dans leurs diagnostics ? On a des statistiques là-dessus ? Et ce docteur-là était très jeune, avait-il de l'expérience ? J'aurais préféré parler à un vieux médecin, enfin... pas trop vieux quand même...

Et si mon père ne se réveillait jamais ? S'il mourait en pensant que j'avais voulu l'échanger contre un meilleur père ? Toutes ces semaines où je m'étais confié à lui, sans savoir que c'est à lui que je m'adressais, pour lui dire à quel point j'étais insatisfait de lui...

Au parc, avait-il compris que j'étais content, finalement, d'apprendre qu'il s'était donné la peine de clavarder avec moi pendant tout ce temps ? Sans que je m'y attende, les larmes ont rempli mes yeux.

Et ma mère, et Caroline, et Neb, qui n'étaient pas encore arrivés... Je me sentais tellement seul, tellement... petit.

Une infirmière m'a pris la main, comme si j'avais quatre ans. Je n'avais même pas envie de dégager mes doigts de sa main chaude et douce. On a marché quelques minutes, puis elle s'est arrêtée devant une chambre.

— C'est là, mon garçon. Permission spéciale. Tu peux t'asseoir près de ton père, mais ne le réveille pas. Ta mère devrait arriver d'une minute à l'autre. Ça va aller.

Je suis rentré dans la chambre. Le premier lit était occupé par un autre malade, un vieux monsieur qui dormait. Ses ronflements remplissaient toute la pièce. Les rideaux étaient tirés et il faisait sombre. Vraiment pas gai comme atmosphère.

Sur le deuxième lit, au fond, j'ai tout de suite reconnu mon père. Il était étendu sur le dos. Il avait l'air plus âgé que d'habitude, plus calme aussi.

J'ai tiré la chaise vers le lit en douceur et je me suis assis près de lui. J'ai fermé les yeux pour me calmer, moi aussi. Mais les ronflements du monsieur d'à côté étaient encore plus forts de cette façon.

Soudain, un gémissement est parvenu à mes oreilles. Mon père ! Il reprenait conscience ! Lentement, il a bougé un bras. Puis, il a ouvert les yeux.

J'ai attendu un peu. Presque sans voix, j'ai balbutié avec peine :

— Papa, je veux te dire…

— C'est correct, Daco. C'est moi qui aurais dû faire plus attention à toi, depuis longtemps. Excuse-moi, mon gars.

Ma mère, ma sœur et mon frère sont arrivés à ce moment. Papa a grimacé en essayant de se redresser.

— Ça va, mon chéri ? mon petit Bouddhamour ? a demandé ma mère d'une voix inquiète, en replaçant l'oreiller.

— Ça va, papa ? ont répété en chœur Neb et Caroline.

— Ne vous en faites pas, je suis aussi solide qu'un camion de pompier. Ce n'est pas une petite Honda qui va avoir raison de moi. Je suis juste sonné. Déjà, ça commence à aller mieux.

Quand même, on restait tous inquiets. Ma mère n'essayait même pas de placer une de ses petites phrases optimistes. Caroline, elle, avait une drôle de tête : elle souriait à mon père, mais ses lèvres n'arrêtaient pas de trembler. Je n'aurais pas su dire combien de minutes il restait avant qu'elle éclate en sanglots. En tout cas, pas beaucoup. De son côté, Neb jouait nerveusement avec son *piercing*, sans arrêt. Pas bon signe.

— Je vous dis que je vais bien, a réaffirmé mon père.

À ce moment, une infirmière est entrée dans la chambre. Mon père a tourné la tête vers elle et ses yeux moqueurs se sont allumés. Immédiatement, j'ai su que Gros rigolo était de retour :

— J'en ai une bonne pour vous, madame. Savez-vous la différence entre un docteur et…

« La différence entre un docteur et un éléphant », je la connaissais. Neb et Caroline aussi. Je leur ai décoché un clin d'œil (une vieille larme en a profité pour rouler sur ma joue).

Je suis sorti téléphoner à Nathan pour lui annoncer que mon père était hors de danger. Une fois dehors, j'ai pris une grande bouffée d'air frais. Puis, j'ai pensé à Samantha.

PROTÉGEONS NOS FORÊTS | L'impression de cet ouvrage a permis de sauvegarder l'équivalent de 10 arbres de 15 à 20 cm de diamètre et de 12 m de hauteur.

Achevé d'imprimer au Canada
en janvier 2009
sur les presses de Imprimerie Lebonfon
Val-d'Or (Québec)